ただい
鈴森丹子
絵◎梨々子

目次

ただいまの神様

序章

生い茂る森の木々のように聳《そび》え立つビル群の隙間《すきま》を人や車が絶えず忙しく流れていく。残暑を引きずり薄着でいる者もあれば、冬を待たずして厚着する者もいる十月の始まり。

朝露に濡れた花々の輝きも余所《よそ》に歩道を行き交う人々の流れを、眺めるようにして花壇に腰掛けている一つの影。

ふと、その頭上を西から吹いた一陣の風が通り抜けた。

「神渡しか。少々気が早いでござるな」

呟《つぶや》いた刹那《せつな》、視線に気が付いて振り返る。

「やっぱりだ。あんた、山の神さんじゃないのさ！」

人の流れからスッと抜け出して来たもう一つの影。喧噪《けんそう》のなかでも凛《りん》としたその声は霞《かす》むことなく相手に届いた。

「森の神か。久しいでござるな」

「やだねボケちまったのかい？　二十年前に会ったばかりだろう」

「ほぅ。二十年振りか」

その言葉は、二十年という長い歳月を感じさせない、何とも軽い調子だった。

「どうしたんだいその頭。ちょいと乱れてるよ」

「うむ。先刻、気の早いどこぞの神が、それがしの頭を掠《かす》めて出雲《いずも》へ渡って行きおったのだ」

残像を追うように見上げた空を一羽のカラスが横切っていく。

「神渡しが吹いたのかい。せっかちな神がいたもんだね」

隣に腰かけた森の神もまた、のんびりと空を仰いだ。

「社もなければ名前もない浮遊神のあたい達には関係ないけどさっ」

「如何《いか》にも、そのとおりだな」

意思もなく、まるで見えない何かに操られているかのようにひたすら前進する人々と時間の流れが異なっている神様達は、花々同様に風景の一部と化していて誰の目にも留まる事はない。

「ところで山の神さん。川の神さんは一緒じゃないのかい？」

「うむ。常に行動を共にしているわけではござらぬゆえ」

「実は川の神さんを見かけてこの街に立ち寄ったんだけどね。あんたもいたからてっきり一緒なのかと思ったよ」

「それがしの山と、川の神の川は繋《つな》がっておったからな。そして川はおぬしの森にも流れておった。自然に引き合うも理だ」

「はいはい。有名な爺《じい》さんが柴を刈っただの、大きな桃が流れただの、名のある山と川に繋がれて光栄だね。そんな山も川も、あたいの森も四百年前に無くなっちまってるんだけどさ。山の神さんと川の神さんとはよく会うもんだよ」

「これも縁にござろう」

交差点では多くの車やバスが列をなし、信号が赤になっても止まろうとしない車に別の車がクラクションを鳴らしている。

「そうだ。さっき通り縋《すが》りの縁結びの神に絡まれちまってさ。暇なら縁の一つでも結んできてくれって。手伝っておくれよ。あんたも暇なんだろ?」

「決めつけるでない」

「どう見たって暇そうじゃないのさ」

「自由というのは不自由でござる。しかし神である以上、悩める人あらば放ってはおけぬな」

二十年ぶりの再会もつかの間。どちらからともなく立ち上がると互いに背を向けた神様達はそのまま歩き出し、人の流れの中へと消えていった。

同居の神様

「ゆいちゃんのところに神様は来ないよ」

四歳になったばかりの私に、姉はそうきっぱりと言い放った。

それは誕生日にパパからプレゼントされた絵本を、姉に読んでもらっていた時だった。森の中でたった一人、迷子になってしまったウサギのもとに神様が現れて助けてくれるというお話。降っていた雨を吹き飛ばしてお日様を呼び、深くて渡れない川には光の橋をかける。心細いウサギのそばにずっと寄り添い家へと導いてくれる優しい神様だった。

「おねーちゃん。ゆいのところにもかみしゃま、きてほしい。どーしたらくる？」

ママの手作りケーキに鎮座したウサギのマジパンが見守る中、八つ上の姉は絵本を閉じた手で私の頭を撫《な》でた。

「ゆいちゃんのところに神様は来ないよ。だって、ゆいちゃんには私がいるから」

諭すような姉の声はとても優しかった。

「神様は、ウサギさんが一人ぼっちだったから来たんだと思うな。ゆいちゃんが困ったり、寂しくなった時には私が助けてあげるからね」

その言葉に、私は椅子に座って宙に浮いていた足をジタバタさせた。姉の言葉が嬉《うれ》しくてたまらなかった。ずっとそばにいるよ。そう言ってくれたように感じた。

それから私はこの絵本が大好きになって毎日のように姉にせがんで読んでもらっていた。

突然やってきた、姉と別れるその日まで。

最寄りのバス停から徒歩三分で総戸数八戸の木造アパートに到着した。二階へ上がり、角部屋の扉にウサギのキーホルダーをぶらさげた真新しいルームキーを差し込む。鍵を解除して中へ入室すると微かに漂う消毒の匂いが私を出迎えた。家具も家電も何もない殺風景な部屋の中央に大の字になって寝そべる。直射日光が当たっている床はどこへ転がってみても暖かい。寒がりな私としては日を増すごとに肌寒くなっていくこの十月に、この日当りの良さは何ともありがたい。今日みたいに天気がいい昼間であれば照明が無くても十分明るい、南向きのロフト付きワンルーム。私、中神結《なかがみゆい》は今日からここで人生初めての一人暮らしを始めるのだ。

高校卒業後に地元の大学へ進学した私は近所の小さな会社で事務のアルバイトを始めた。徒歩圏内で兎《と》に角《かく》通勤が楽なのが最大のメリットだった。事務所に籠るから必要以上に人と接する事もない理想的な職場。就職するならここがいい。そう思っていた矢先に社員枠が一つ空いた。大学を出たところでここより条件の良い就職先が待っているとは限らない。今がチャンスだと考えた私は大学を辞めてバイト先に入社した。

ところが、会社に骨を埋めるつもりで働いていた二年目に突然のリストラ。不況のあおりを受けて会社が希望退職者を募集し、最年少である私が押し上げられたのである。

渋々会社に別れを告げたが、この時はまだ経験があればすぐに再就職できるだろうと安易に考えていた。アルバイト禁止の高校にいたために他で働いたことがなかった私は社会を知らな過ぎたのだ。世間はそんなに甘くはない。就活現場は戦場だった。やっとの思いで面接にありつけても、資格も実績も無い私が丸腰で戦に挑んだところで資格も実績も豊富な大卒者に返り討ちにされる。

幾度も敗れて身も心もボロボロになった私は空を仰いだ。

あぁ。神も仏もあったもんじゃない。嘆き呟いたその時、私は絶望ばかりが漂う空の彼方《かなた》に一筋の光を見たのである。

そうだ。私に神様はいない。

神様はいないけれど、私には姉がいる！

離れて暮らす姉に泣きつき、とある会社を紹介してもらって面接を受けた。結果は

合格。姉の御加護で無事に再就職が決まった私は生まれ育った東京《とうきょう》に別れを告げてこ
こ、名古屋《なごや》へとやって来たのであった。
お日様にぽかぽかと気持ちよく照らされて、このまま昼寝を決め込もうかと目を閉
じた矢先に鳴り響く電子音。寝転がったままバッグに手を伸ばしてケイタイを掴《つか》み、
ぱかりと開いて耳に押し当てる。画面を確認せずとも相手は分かっている。
「結。もう部屋には着いたの？」
眉《まゆ》を顰《ひそ》めていそうな顔が脳裏に浮かぶ声色の主は、私の神様　仏様　姉様である。
「着いたら先ず連絡しなさいって言ったでしょ。遅いから心配したじゃない」
「ごめん。ごめん」
「この後、送った荷物が届くのよね？　後回しにしないでちゃんと片づけること」
「へいへーい」
毎度おなじみ「返事は一回！」のお叱りを頂いて電話は切れた。荷物を運ぶ業者が
来るまではまだ時間がある。もうやる事と言ったら目を瞑《つむ》るしかない。いざゆかん夢
の世界へ。

アパートからバスで十五分程の距離に姉の住むマンションはある。昔から花が好きだった姉の家にはやはり花がたくさん飾られていた。きれいでオシャレで良い匂い。正に理想的で見本的な女子の部屋。今日はここに泊めてもらう事になっている。

「お姉ちゃんは相変わらず綺麗好きでいらっしゃる」

「普通はこんなもんよ。結の物の多さが異常なの」

姉が紅茶を淹《い》れている卓上には、私の好物であるチーズケーキ。上に乗せられた、ウサギ型のチョコレートプレートには「HAPPY　BIRTHDAY　YUI」の文字が書き込まれている。

「一日早いけど、誕生日おめでとう」

「わぁ。ありがとー。お祝いしてくれる事はばっちり察しはついていたけど嬉しい！」

苦笑いしながら姉はケーキを切り分け、大きい方にチョコレートプレートを乗せ換えて私に寄越した。私のために用意してくれたのであろうウサギのマグカップに注がれた紅茶はストレートのダージリン。飲まなくても分かる。姉は私の事をよく知ってくれている。

パパが姉を連れて家を出ていったのは、私が小学校に入学して一学期を終えた頃だった。離れ離れになってからも私達はずっと連絡を取り合い、誕生日には毎年ねだったわけでもないのに私の好きな物をプレゼントしてくれる。

寂しくなると手紙がきた。会いたくなると電話がきた。離れてからも姉はずっと私の神様だった。

「でも結。本当によかったの？」

「ん？」

美味《おい》しいケーキに夢中になっていた私は、姉の問いかけに顔を上げて紅茶を一口。

「ここに一緒に住んでもよかったのよ？　あんな小さなアパートでも家賃や光熱費はばかにならないんだから」

「あぁ、それ。いいよー。だって私も一人暮らしとかしてみたかったし。あの部屋だって十分広いじゃないですかー」

今は届いた荷物で足の踏み場もないのだが、ロフトという寝床が確保できているから問題はない。あの部屋を探してくれた姉はその辺もお見通しなのだ。

「それに二十代最後のお姉様にとりましては適齢期真《ま》っ只中《ただなか》なお年頃かと。彼氏の一人や二人いらっしゃるのでしょう。私としましてはその点を最も考慮しまして気を遣ったわけでございます」

「それは。それは。いらぬ気を遣って頂きまして」

「……あれ。もしかして今ちょっと怒った？　お姉ちゃんまさか彼氏いないの？」

「何故上から目線なの。そういう発言はアパートに男を連れ込んでからにしなさい」

「お姉ちゃんはこの部屋に何人の男性をお連れ込みに？」

「結。私を何だと思ってる？　色恋なんて微塵《みじん》も興味なんかないくせに」

呆《あき》れたように笑う姉を見て少しホッとする。彼氏の話題に触れた時、一瞬だったけど姉の顔色が変わったように見えたのだ。地雷を踏んでしまったかと内心ひやひやしていた。

姉は私の事をよく知っている。けれど私はといえば実は姉の事はよく知らないのである。姉は昔から私の事を根掘り葉掘り詮索《せんさく》するくせに自分の事は話したがらない。なんだか不公平な気もするけど、私は妹で、ましてや八つも年下。姉というのはそういう生き物なのかもしれない。

「お姉ちゃん。これ何？」

パラパラと捲《めく》っていた雑誌をマガジンラックに戻した時、雑誌より一回り小さいノートのようなものが目に留まった。

「アルバムだよ。社員旅行に行った時の。見てもいいよ」

そういうと姉はお風呂に向かった。私は長湯をするから先に入ってもらうのだ。アルバムを見終えた頃に出てきた姉と交代してお風呂に入り、湯上りでぽかぽかしている私を待っていたのはキンキンに冷えたビール。

「あれ。グラスが二つ？」

「今日は結の引っ越し祝いも兼ねてるからね。私も付き合う」

「これは珍しい」

滅多に飲まない姉が二つのグラスにビールを注ぐ。乾杯！　と一気に飲み干した私とは対照的に、ちびちびと飲んでいた姉は間もなく顔を真っ赤にして酔いだした。

「今付き合っている彼の事で悩んでいる」と、唐突に胸の内を語りだす。非常にレアなケースに戸惑いながらも、心配になって詳細を確かめようと試みたが、それ以上は姉の口は堅かった。ただ、「年上」「同じ会社」「身近な存在」という三つの手掛かりの入手に成功したのである。

それを踏まえ、寝込んでしまった姉の横で改めて社員旅行の写真を見てみる。すると、該当者がただ一人。姉より年上の三十代前半であろう男が、姉の映っている写真の殆《ほとん》どにその姿を残している。「部長　崇司《たかし》」と手書きされたタスキをかけているこの男の印象は、とにかくチャラい。いい年してどの写真でもおちゃらけている。

「タカシ？　というよりこれはチャラシですなー」

まさかこの人が姉の彼氏？　信じ難いけれど他にそれらしき人物は見当たらない。たぶんこの人なんだろうなー。ガッカリの一言です。でも、姉が選ぶくらいだからきっと中身は真《ま》っ当《とう》な人なのだろう。本当に「部長」なのかどうかは怪しいところだけれど。

◆

すがすがしく晴れていた昨日とは打って変わった曇り空が広がっている十月十日の朝。今日は私の誕生日でもあり、記念すべき転職先の初出勤日でもある。

「それじゃ結。第一印象は大事だからね。頑張って」

「へいへーい」

毎度おなじみ「返事は一回！」のお叱りを頂いて姉とは別のバスに乗り込んだ。教えてもらった通り二つ目の停留所で下車し、地下鉄に乗り換えて五つ目の駅に降り立つ。そこから徒歩数分で勤務地である花屋に到着した。

商業ビルの間に挟まるように建つ、こぢんまりとした店舗。深い緑色を基調とした外壁を見上げ、そこに書かれている白い文字を読み上げる。

「君に花束を」

ここが今日からお世話になるフラワーショップ。その名も、君に花束を。

「では。参りますかねー」

のんびりとした口調は自分を落ち着かせるためのおまじないみたいなもの。不安と緊張を抱えた心臓は今にも飛び出しそうだし、厚着をしているわけでもないのに手汗を掻《か》いている。ぶんぶんと羽ばたくように手を振り汗を乾かしながら店の裏へ回り、従業員用の出入り口から中に入った。

一階店舗の奥に作業スペース。そのまた奥にある階段を上がって二階へ。手前にトイレと休憩室。そして扉に「office」と書かれた一番奥の部屋こそが、事務員として採用された私の職場である。

扉に向かって、にーっ！　口角を上げて表情を解《ほぐ》し、深く息を吐きながら震える手を握りしめ、ノックをしようと振り上げたその時。

「おはようございます」

「ふにぃーーーっ！」

突然後ろから声をかけられた私は、自分でも不可解な叫び声を発して振り返った。

そこには私と同様目を見開いている一人の男性が啞然《あぜん》として立っている。

「……何？　大丈夫？」

一歩後ずさり、様子を窺《うかが》うように問いかけてくる男性は、店の名前が刺繍《ししゅう》されたエプロンを身に着けている。ここの従業員である事は明らかだ。

「おおお、おは！　よう……ございます、です」

ファーストインプレッション大失敗である。

「あああ、あの、すいません。あれ？　さっきまで誰も……急に、どこから？　え？　忍者とか？　ですか？」

「いや、僕は忍者じゃないけど。そこの休憩室から今出てきただけで」

男性は眉を顰めながら後方の扉を指した。足音もなく忍び寄るとはただ者ではないなと思ったが、どうやら単に私が気が付かなかっただけのようだ。

「中神さんでしょ？」

「は、はい。今日からお世話になります中神結です。よ、よろしくお願いします」

不意打ちを食らい一瞬パニックに陥ったが、表情を解しておいた後だったのが幸いし、何とか笑顔を作ることに成功した。

「大黒靖成《だいこくやすなり》です。よろしく。ちょっとそこどいて。鍵開けるんで」

はい。と狭い通路の壁に張り付くように道を譲る。大黒さんはニコリともせず無表情のまま鞄《かばん》から鍵を取り出して鍵穴に差し込んだ。

「みんな出勤時間ギリギリにならないと来ないんだ。今日は受注が多いから準備のために僕だけ早出してるけど、いつもはこの時間開いてないから気を付けて。ここが中神さんの机です」

中に入った大黒さんは慣れた動作で壁のパネルをカチカチ操作して照明をつけると、向かい合わせに置かれている四つのデスクのうちの一つを指さした。

「休憩室にロッカーがあるから、荷物置いたら下に来て。手先が器用なんでしょ。時間まで準備手伝ってください」

「へ？」

返事を待たずして大黒さんは出て行ってしまった。

疑問符を浮かべながらも言われたとおりに荷物を置いて後を追いかける。おっしゃる通り、手先の器用さには少なからずの自信を持ち合わせておりますが。一体、大黒さんはいつの間にそれを見抜いたのだろうか。

初日を無事に終え、緊張疲れを引きずりながら帰宅中のサラリーマンに混じってバス停に並んでいた時だった。どこを見るでもなくボーっと突っ立っていた私はふいに肩を叩《たた》かれた。思わず隣にいたスーツ姿のおじさまを見上げたが、こっちだよ。と声をかけられ後ろを振り返る。

「やっぱ中神だ。久しぶり。何やってんの？」

「……ミ、ミヤダイ？」

そこにいたのは高校の同級生、宮島大吉《みやじまだいき》だった。

気さくに声をかけてはきたが相変わらず表情が硬い。靨《えくぼ》が出来るのが嫌だと言って滅多に笑顔を見せない彼とは三年間ずっと同じクラスであった。彼は周りからミヤダイと呼ばれていたため、私もそう呼んでいた。会うのは卒業以来である。スーツを着ているという事は学生ではないのか。

「何って。こっちに転職してきて、今日初出社」

「マジで？　オレも今こっちで仕事してる。居酒屋なんだけど、これから店戻るところなんだ。近いからさ、よかったら来ないか？」

「……行こう、かな」

疲れてはいたが、姉しか頼れる人がいないこの新天地で知人と思わぬ再会をした嬉しさに背中を押された。

ミヤダイが勤める店は地下鉄で二駅乗った先にあった。従業員用の裏口から入ると言うミヤダイと店の前で別れ、一人で入店する。外食や飲み歩きといった習慣のない私は、狭くて汚くておじさま臭いのが居酒屋だと思っていたが、ここは狭いながらも隠れ家のようなおしゃれな造りで、女性客も多い。

店員に一人だと告げるとカウンター席を案内される。空いていた隅の席に座り、飲み物を注文してからミヤダイの姿を探してキョロキョロ。すると、後方のテーブル席にいた男三人組と目が合ってしまった。

「お。可愛《かわい》いじゃん。一人？　こっち来て俺らと一緒に飲まない？」

スーツ姿の三人組のうち、一人が近づいてきて声をかけてきた。

「い、いえ。お、お構いなく……」

「いいじゃん。一緒に飲もうよ。奢《おご》ってあげるから」

食い下がる男。面倒ですなー。こうなったらアレをやりますか。私は一度男から顔を背けると、攻撃を仕掛けて一気に振り返った。食らえ。秘技、変顔！　目と鼻の穴を大きく広げて前歯を剝《む》きだす。幾多のナンパ男を沈めてきた私の護身術である。

ところが。私の目の前にいたのは、さっきまでのナンパ男ではなかった。

「…………」

互いに目を点にしていると、フッと吹き出した男が堰《せき》を切ったように笑いだした。

「あ、あの……？」

どちら様ですか？　男の笑いはなかなか止まらない。目に涙まで浮かべている。ここが狭い店内じゃなかったら笑い転げていそうである。よく見ると男の背後にはさっきのナンパ男がいた。

「あー。面白かった。いやー。ごめんねー」

ようやく笑いが収まったこの男は、三人組の一人。つまりナンパ男の仲間であると気づいた。加勢かと身構えたが、男は「こいつ酔っちゃってるんだよね」と、ナンパ男の腕を引っ張り「ごめんねー」と繰り返しながら自分達の席へと戻っていった。

あれ。助けてくれたの？　でもあれは笑い過ぎ。余計な恥を掻いてしまったではないか。何が面白かった、だ。笑わせるためにやったわけではないのだ。

「いたいた。中神。好きなもの頼んでよ。今日はオレ奢るから」

ここで複数の空ジョッキを運んでいるミヤダイの登場。当たってくれと言わんばかりのタイミングである。仏頂面でビールを注文する私に戸惑いながら奥へ引っ込んでいくミヤダイを見送り、後方から聞こえてくる楽し気な三人組の声に警戒していた私は、ある事に気が付いてハッとする。急いでバッグから手鏡を取り出すと前髪を直すふりをして、あの大笑い男の顔を再確認した。

やっぱりだ。どっかで見た顔だと思った。あいつは――

「チャラシ……？」

声にならない声で呟く。間違いない。あいつは昨夜、姉のアルバム写真で見たチャラい部長だ。振り返りたくなる衝動を抑え、そのまま鏡越しに様子を窺う。他の若い二人よりも「うぇーい！」と楽しそうにはしゃぎ、知り合いではないと思われる隣のテーブルのグループとも仲良くなりだしたチャラシは、見た目以上にチャラかった。

あんな人が姉の彼氏だというのか。なんてこった。

帰路に着く私の足は重かった。

あの見た目同様チャラいチャラシが姉の彼氏だなんて。駄目だ。嫌だ。こんなのは悪夢だ。あぁ、神様お願いだから嘘だと言って。願いながらアパートに帰り着いた。

真っ暗な部屋に入り電気をつける。私はすぐさま異変に気が付いた。

首をひねりつつ外へ出て部屋の番号を確認する。間違いない。ここは確かに私の家だ。再び玄関へ戻り、靴を脱いで恐る恐る部屋の中に入る。

「こ、これは、一体……？」

辺りを見回した私は呆然《ぼうぜん》と立ち尽くした。

テレビとソファ。棚とテーブル。そして、所狭しと部屋の片隅で整列している私の家族達。私はそばに居た家族の一人を抱き上げ、まじまじと眺めた。丸い瞳を輝かせ、長い耳をピンと伸ばしたウサギのヌイグルミは私お手製であるお洋服を着ている。

この子も、他の子達も、家具も家電も間違いなく私の物である。間違いなく我が家であるこの部屋が知らぬ間にすっかり片付いている。

「どどど、どーゆー事？　いつやった？　いつやったの、私……？」

取り付けた覚えのないカーテン。飾った覚えのない絵画。梯子《はしご》を上ってロフトを覗《のぞ》くと、そこにはいつでも寝られるよう揃《そろ》えて置いてある寝具。そのまま後ろを振り返る様にキッチンを見遣ると、いくつかの段ボール箱が畳まれた状態で積み重なり紐《ひも》で縛られている。

昨日届いた荷物は、とりあえず大小合わせて百体程あるウサギのヌイグルミ（私の家族達）と、すぐに必要としそうな身の回りの物だけを取り出して後はそのまま。段ボール箱に詰まったままの状態で放置していたはずである。それが今、どういう訳か荷物はすべて片づけられ、まるで物置だった我が家が一日留守にしていた間に生活空間へと変貌を遂げているのである。

「まさかお姉ちゃんが？　いやいや。合鍵渡してないしお姉ちゃんだって仕事行ってたし。となると……泥棒？　金目のものがないか物色して、ついでに片づけていったとか。あはは。あり得ないなー」

そっと忍び寄った窓に手を掛けると、鍵はしっかりかかっていた。

「玄関も窓も鍵かかってたし、でもこの状況は確実に誰かが居たとしか思えないし。ひやーー！　何この密室ミステリー怖すぎるんですけどーー⁉」

暫《しばら》くキャーキャー騒ぎ、少し落ち着きを取り戻したあたりで何か盗られている物はないか確認しようと思い立つ。

「盗られそうなものなんてあったかな。高価な装飾品とか持ってないし、家電は……。うん。全部ある」

何も盗られてない。

「かえって気味が悪いんですけど。これって警察に通報とかすべきだろうか？」

「騒々しいでござるな。何を一人で騒いでおるのだ？」

「ふにぃーー！」

突然耳に入ってきた男の声に身を竦《すく》めて悲鳴を上げる。

そうか。どうして気が付かなかったのだろう。鍵がかかっているって事は、侵入者はまだこの部屋の中にいるって事であり、つまりこれは、鉢合わせという最も危険な状況……。

背筋に冷たいものが走るのを感じながら辺りを見回す。

「どこを見ておるのだ。それがしはここでござる」

誰も見当たらないのに、男の声は近距離から聞こえる。きょろきょろと部屋中に目を走らせていると「ここだ。ここでござる」と、また声がする。

「こ、ここって……」

声のする方に視線を移して目が合ったのは、一匹の家族。私が仕立てたドレスと耳のリボンがとても似合っている桃色毛のイングリッシュロップ。

「……う、嘘でしょ？　ヌイグルミが喋《しゃべ》るわけ……。てゆーか、あなたオスだったの？　なんてこった私はてっきり――」

「どこを見ておる。それがしはヌイグルミではござらん」

「……ですよね」

脳裏に自然と侍の姿が浮かぶなか、違和感を感じてイングリッシュロップの隣に視線を移す。やはりそこには誰もいない。そう。人はいないのだけれど――。

狸《たぬき》がいる。

私の家族達に紛れ込むようにして座っている一匹の狸と目が合った。それを見た瞬間、はたと蘇《よみがえ》った記憶の断片に同じ影を見たのである。

あれは名古屋への引っ越しが決まり、実家で荷造りをしていた時だった。

リストラされた会社の営業さんが段ボール箱を脇に抱えて訪ねてきた。再就職の話を聞きつけたという社の皆さんが餞別《せんべつ》を用意してくれたのだと言う。礼を言って受け取り、箱の中を見てみるとウサギ柄のブランケットや、ウサギのヌイグルミに混じって何故か狸のヌイグルミが入っていた。

ウサギグッズを会社でも愛用していた私がウサギ好きであるのは言わずもがな。しかし狸はそれほど好きというわけではなく……。

私は狸のヌイグルミだけを箱に残し、そのまま翌日他の荷物と共に業者へ渡していたのだった。

私に向かって手を振る狸。それは、間違いなくあのヌイグルミだった。

「いかがした。そのようにきょとんと突っ立っていては、まるで案山子《かかし》でござる」

「………」

男の声に合わせてるようにヌイグルミが口をパクパク動かしている。

「お嬢よ。聞こえておるのか？　耳はついておるようだが？」

狸が喋っているようにしか見えない。

ヌイグルミ……ではない。まさかこれは、剥製《はくせい》？　蔑《ないがし》ろにしたから化けて出てきた？

血の気がサァーッと引いていくのを感じながら、私はその場にへたり込んだ。そのままガタガタ震える両手を合わせる。

「な、南無阿弥陀仏《なむあみだぶつ》。南無阿弥陀仏。どうかこの剥製を極楽浄土へ――」

「異なことを申すな。誰が剥製だ」

「誰かこの狸さんをちゃんと昇天させてあげてくださーい！」

「天など昇らぬわ。誰が狸だ」

「……じょ、成仏できなくて、化けて出てきたのでは……？」

「失敬な。誰が化け物だ」

狸は呆れたようにため息をつく。

な、なんだ。剥製でも、化け物でもないんだ。

「……って、尚更《なおさら》怖いんですけどーーっ！」

自分でもびっくりするくらいの身体能力でその場を飛び退いた。狸もまた驚いたように小さな目を更に点にしている。

得体が知れなさ過ぎて怖過ぎる。もう寧《むし》ろ化け物であってくれた方がまだマシ。

「あ、あの。誰？　何者？」

「それがし神様でござる」

今、神様とか言いました？　聞き間違えだろうか。

「神様でござる。お嬢は耳が遠いのか？」

どうやら聞き間違いではないようだ。

「その目、信じてなかろう」

狸ですよ。鏡をご覧になった事ありますか？　あなたがっつり狸ですよ。

「神様にござる。山の神にござるぞ」

や、山？

「昔話で御存じ、有名なお爺さんが柴刈りをしたと語り継がれる名高い山の神様にござる」

狸と山と昔話……？　あー。分かった。

「カチカチ山？」

ずるりと傾いた狸が床に転がる。あれ。違った？　パチパチ山だっけ？

「……もうよい。それよりお嬢。食べ物をくれぬか。腹が減って動けぬのだ」

その場から動こうとしない狸は何やらお疲れのご様子である。

「……え、えっと……」

「いかがした。先刻まで一人でべらべらと話しておったではないか。なにゆえ急に寡《か》黙《もく》になるのだ。それがしに見惚《みと》れておるのか」

「それはないです。私ウサギ以外に興味ないです」

「ふむ。喋れるではないか。それよりすまぬが腹ペコでござる。物置であったこの部屋を一日かけてここまでにしたのでな」

「あ、あなたがこの部屋、片づけたって言うの？」

「うむ」

ご冗談を。狸一匹に何が出来ると言うのか。放置していた段ボール箱は一つ二つどころではなかったし、家具だってコンパクトな物ばかりでも狸がどうこう出来る重量ではない。

しかし、私以外の何者かがこの部屋を片付けたのは事実であり、自分の尻尾を枕代わりにして床に寝っ転がった狸は、くたびれた様子でお腹をグーグーと鳴らしているのである。

ここで飢え死にされても困る。確かバッグにチョコレートが入っていたはず。板チヨコを差し出すと「かたじけない」と受け取った狸は、両前足を使って器用に銀紙を剝《は》がすのだった。

　距離を保ちつつ観察。どう見ても狸。小さな子狸。狸の皮をかぶった侍とかでもなさそうだ。そっちの方が怖いけど。

「あの。とりあえず、それ食べたら……帰ってもらっていいですか？」

　そして通報しよう。速やかに捕獲していただこう。

「殺生な。何処《どこ》へ帰れと申すか。それがしの山などはとっくの昔に、欲深い人間どもによって切り崩されておるというのに」

　剝がした銀紙をきちんとゴミ箱に捨ててからチョコレートを齧《かじ》りだした狸は、不満気に私をじろりと睨んでくる。切り崩された？　名高い山なのに？

「……お家、無いの？」

「案ずるな。狭い部屋には慣れておる」

　言葉の意味を分かりかねていると、インターホンが訪問者を知らせる電子音を響かせ、モニターに宅配業者の姿を映し出す。狸を警戒しつつ玄関へ向かい荷物を受け取った。

　届いた物はネットスーパーで注文していた食材と、頼んだ覚えのない小包。差出人を見ると姉の名前が明記されている。きっと誕生日プレゼントだ。しかし素直に喜べないのは、珍獣騒動で吹っ飛んでいたチャラシの影が再び浮かび上がったからだ。

ピロロン。ピロロン。ピロロロローン。私の部屋が祝福のファンファーレを鳴らしているけれど、とてもそんな気分じゃない。

「……て。今の音、何?」

「うむ。風呂が沸いたのを知らせるブザーでござろう」

「お風呂? 私、沸かしてませんけど……」

チョコレートを完食した狸が立ち上がり、バスルームへ向かっていく。

「ちょい待った!」

慌てて追いかけ、その小さな背中を摑んで抱き上げた。

「まさか、お風呂に入る気では……?」

「如何《いか》にも」

私の腕の中に包まる格好となった狸は「それが何か?」と言わんばかりの顔である。

「ま、まさかとは思いますが。ここに泊まる気では……?」

「如何にも」

当然とばかりに言い放つ狸。

「ええーーーっ！　無理！　ここペット禁止！　帰ってください！」

あ。でも家ないのか。

「あああああの。えっとですね……。そうだ。動物園を紹介するからそれで一つ手を打ってもらっていいですか？」

「それがしを見せ物と一緒にするでない。呼んでおいて何を申すか」

「よ、呼んだ？　私が、ですか？」

「うむ。来てほしいと、それがしを呼んだのはお嬢ではないか」

「……いつ？」

「さっきでござる」

「……ふぇ？」

そんな覚えはない。人違いだと反発しかけた時、ふと一冊の絵本が脳裏を過った。

四歳の誕生日にパパにプレゼントされ、姉に毎日のように読んでもらっていた絵本である。困ったウサギを助けてくれる優しい神様が出てくる絵本で、こんな神様に来てほしいと姉に縋った遠い記憶がうっすらと心の片隅に残っている。

「思い出したでござるか」

「……そんな馬鹿な。全然さっきじゃないし。来るにしたって遅過ぎやしません？

純粋無垢《むく》な四歳児が失業を経てやっとこさ再就職にありついて本日めでたく二十一歳になってるんですけど」

「おめでとう」

「ありがとう！　ってそうじゃない。あなた本当に神様？　絵本で見た神様は人間の姿してたし。ウサギに懲《こ》らしめられる狸なんかじゃなかったですよ」

「異なことを申すな。騒がしいお嬢にござる。人間の姿になればよいのか」

「……な、なれるの？」

うむ。と頷《うなず》いた狸はひょいっと床へ飛び降りた。そして小さなキッチンへ入ると、引き出しから乾燥した月桂樹の葉の束を取り出すよう命じてくる。言われたとおりにすると、その中から一枚引き抜いた葉を頭に乗せた狸は、ぽっこりとしたお腹を三回リズミカルに叩いた。

次の瞬間。それまで目の前にいた狸が忽然《こつぜん》とその姿を消し、代わりに一人の男が現れたのである。

「ど、どちらさまー!?」

「それがし神様でござる」

その声は確かにさっきの狸であった。

「これで文句はあるまい」

呆然とする私の横をすり抜け、男は再びバスルームへ向かおうとする。

「ま、待てーーーーぃっ！」

慌てて背中を追いかけ、バスルームの手前でトップスを引っ張った。振り返る憮然《ぶぜん》とした顔に、負けじと不満を露わにして行く手を遮る。

「納得いかないのですが。全然納得いかないのですが！」

「納得いかぬとは何だ」

むず痒《がゆ》い思いで、私は男の頭のてっぺんから足の爪先まで、全体をざっくりと指さした。

「神様って言うくらいだから、もっと、こう、頭はハゲあがってるのに髭《ひげ》だけが長かったりとか。よく分からない杖を持ってたりとか。神々しいお姿とかを想像するじゃないですか。せめて、ちょんまげ結って刀を持つぐらい出来たでしょ」

私が引っ張った白いトップスの伸びを確認している男は首にネックレスを光らせ、デニムパンツを穿《は》き、髪は茶色く、耳にはピアスをしている。

「ビックリするくらい普通の人なんですけど……」

年は私と同じか、もしくは下か。どこにでもいるちょっとチャラそうな青年である。

「そこをどいてくれぬか。部屋を綺麗にしてやったのだ。一番風呂くらい譲って然《しか》るべきでござろう」

「一番も二番も譲れませんよ」

「では一緒に入るか」

「私はそんな破廉恥《はれんち》な人間じゃないし」

こんな狸だか侍だかチャラ男だか分からない自称神様に居座られるのは御免である。

「本当に帰る所、ないのですか？」

「今更何を申すか。それがしを箱に詰めてここまで連れて来たのはお嬢であろう」

「そ、それは……」

ヌイグルミだと思っていたとはいえ、確かにその通りなのである。

あぁ。なんてこった。不覚にも部屋に男を連れ込んでしまった。こんなの口が裂けても姉には言えない。

男はよく見ると爽《さわ》やかな顔立ちをしている。しかし追い出そうものなら何をされるか分かったものではない。もしかしたら狸にされてしまうかもしれない。

「……ごゆっくり」

「うむ」

後ずさりながら道を開けると男は意気揚々とバスルームへ消えていった。

「今日は、なんて日だろう……」

一生分の驚きが怒涛《どとう》のごとく押し寄せてきたような一日。忘れられない誕生日になってしまった。

こうして私と神様？との生活は始まったのである。

◆

同居二日目。床の上で迎えた朝の目覚めは最悪であった。

一人掛けのソファにオットマンをくっ付け、何とか眠れる体勢を確保して寝ていたはずが、いつの間にか落下していたようだ。体のあちこちが痛い。

梯子に足を掛けて睨《にら》むように覗《のぞ》き見たロフトには、私の布団ですやすや眠っている一匹の狸。昨夜、お風呂から出た神様はそのままここで眠ってしまったのである。

無駄に寝顔が可愛いですなー。深いため息を置き土産《みやげ》にその場を離れ、身支度を整えるとキッチンに立った。朝食とお弁当を作るのが私の朝の日課である。

暫くして、背後から感じる視線に振り返ると神様が鼻をクンクンと動かし、涎《よだれ》を垂らして立っていた。

「おはよう。良い匂いがするではないか」

「お、おはようございます」

一応二人分作ってはいるけど食べるだろうか。すると神様はくるりと踵《きびす》を返し、家族の中で一番大きなウサギが座っている子供用の椅子を拝借してテーブルに着いた。食べる気満々である。

出来た朝食をテーブルに並べていく。

「お嬢は毎朝こんなにも食すのか？」

「え、えぇ。まぁ、いつもこんな感じですが……」

子供の頃から朝は沢山食べる。主食と汁物。主菜と副菜は三品以上と決めている。一日を始める原動力である朝食はしっかり食べるのが私による私のためのルールである。

「うむ。ではご相伴《しょうばん》にあずかろう。いただきます」

「あれ、そのままで食べるの？　人間にならないのですか？」

人間用の朝食ですが。私の心配を余所に神様は小さな手で箸《はし》を握った。そしてそれを器用に使いこなして食べだしたのである。

「お嬢。すまぬがマヨネーズを出してくれ」

「マヨネーズ？」

本日の献立にサラダは無いのだけれど。首を傾げながらもご所望通りにマヨネーズを出して手渡す。何にかけるのかと見守っていた私は思わず、うへーと唸《うな》った。驚いたことに神様は全品にたっぷりとマヨネーズをかけだしたのである。

「あの、私の料理がそんなに口に合いませんでしたか？」

「お嬢の料理の腕前には感服するでござる」

「言ってる事とやってる事が合ってないんですけどー……」

ふわふわの卵焼き。皮がパリッと焼けた鮭《さけ》。根菜と豆腐がゴロゴロ入った味噌汁《みそしる》までもがマヨネーズ色に染まる。

「美味《うま》い飯を更に美味く。そうでない飯も食える飯にする。それが万能マヨネーズにござる」

赤い蓋《ふた》の容器に頬《ほお》ずりする神様。マヨネーズへの愛情が深すぎて溺《おぼ》れていらっしゃるようだ。神様のご乱心から目を逸らし、黙々と食べ終えた私は家を出ると不安の念を抱きながらバスに乗り込んだ。あんな神様に留守番させて大丈夫だろうか。

仕事が一段落し、休憩室で一人お弁当を広げて遅めの昼食をとっていると突然扉がノックされた。

「うぐ。は、はい!」

頬張ったおにぎりを慌てて飲み込み返事をする。開いた扉から顔を出したのは、今日も表情のない大黒さんだった。一階店舗常在である彼がここにいるという事は階段を上がってきた筈なのに、全く足音が聞こえなかった。奥の事務所にいてもタイル張りの階段を上り下りする人の足音は聞こえるというのに。

「中神さん。それ食べ終わったら下に来てください」

「……下って、店にですか?」

「そう。パートさんが体調不良だから帰します。代わりに店に出て」

「店に、出る……?」

それって、まさか。

「接客……ですか? あ、あの。私、接客なんて未だかつてした事が――」

「教えるから。レジ打ちだけでも覚えてください」

それだけ言うと大黒さんは出て行ってしまった。

「……うそーん」

他人と接する事を最も苦手とする私が接客だなんて出来るわけがない。わがままなんて言ってられなかった就活戦争時でも、これだけはと拒み続けてきたのが接客業である。しかし、昨日入社したばかりの私が拒否するわけにはいかない。何より大黒さんが怖い。

やるしかないですなー。お弁当を、泣き言と一緒に胃袋に収めて席を立った。事情を聞いた社長にエプロンを渡され、トホホと階段を下りていく。手を差し伸べてくれた姉のためにも今が踏ん張り時だと腹を決め、いざ店内へと入った。その途端、突き刺すような緊張感に蚤《のみ》の心臓が襲われる。あぁ。これは無理かもしれない。

決して広いとは言えない店内には二人の女性客が花を見ていた。そのうちの一人が私に気が付いて歩み寄ってくる。

「あら。ねぇ、あなた新人さん？」

着飾るでも普段着でもない小綺麗《こぎれい》なマダムの、品定めするような視線に身が竦《すく》む。

「は、はい。いいいらっしゃい、ませ……」

絞り出した声が上ずってしまう。

「昨日入ったばかりの新人なんですよ」

横から足音もなく現れた助け舟、大黒さんが生き仏に見えた。心なしかそのお顔は微笑《ほほえ》んでいらっしゃるように見える。

「彼女は事務員で花は扱えませんので、僕が代わりに。何かお探しですか？」

あれ。これは気のせいじゃない。目の錯覚でもない。大黒さんが笑っている！　初めて見る大黒さんの笑顔に思わず目が釘付《くぎづ》けになる。笑えたんだ。この人。

「明日は息子の家庭訪問があるのよ。寂しい玄関先を飾りたいから見繕《みつくろ》ってくれるかしら」

はい。と笑顔で了承した大黒さんが次々と花を選んで束にしていく。

「それにしても新人さん。お綺麗ねぇ。スタイルも良くってモデルみたいじゃない」

「い、いいえ。そんな事は……」

実はこの手の言葉は昔からよく言われるのである。しかし自覚は全くない。素直にそう言ってしまうと反感を買うからやめるよう姉に言われている。

「大黒君も、こんな美人が入って嬉しいんじゃない？　美男美女で、お二人なかなかお似合いだわ。若いっていいわねぇ」

揶揄《からか》わないでくださいよ。と爽やかに躱《かわ》した大黒さんはオレンジ色のバラを使った花束を作って見せた。マダムは「いいわね」と即決。

「花束とアレンジメント、どちらにしますか？」

「花束でいいわ。丁度、花瓶が一つ空いてるのよ」

「かしこまりました。包んできますのでお待ちください」

大黒さんが作業台へ下がると、マダムがすかさず私に詰め寄ってくる。

「ねぇ、あなた。大黒君に恋してるでしょ？」

「……はい？」

突拍子もない発言に固まっていると、マダムは「見てれば分かるわよ」と含み笑い。

「大黒君はモテるのよ。いくら美人でもそんな色気のない服装はダメね。せめてスカートは穿《は》かなくちゃ。頑張りなさい。応援してあげるから」

「え……？　あの……は、ははは……」

恐るべしマダムの妄想《もうそう》。怖くてとても否定など出来ない。

「お待たせしました。中神さん、レジ打ってください。説明するから」

包装された花束を手にした大黒さんに呼ばれてレジへ駆け寄る。

「ほら。頑張んなさい」

「……はい」

意味ありげな目を寄越すマダムのエールが怖すぎる。

教わりながらレジを打ち、頭を下げてマダムを見送った。人生初の接客は波乱に満ちたものであった。

「さっきのお客さんは近所に住んでる常連だから、覚えておいてください」

恐怖体験としてしっかり心に刻まれております。出来れば忘れたいです。

「それから、あのお客さんは口が軽いから、余計なことは話さない方がいい」

私、大黒さんに恋をしていることになりました。もう手遅れです。

「何か言われたか？」

「え、あ、お、応援、して、くださる、と……」

「そうか。それじゃ店内を簡単に説明するから」

何も知らない大黒さんは、実に事務的に説明責任を果たしていく。

「広報も営業も社長も母の日やクリスマスなんかの繁忙時にはみんな店に出る。これも仕事のうちだから、しっかり覚えてください」

「は、はい……」

同じ事務職でも前の会社とは全く勝手が違う。今までの経験を活かす事よりも、接客という新たなスキルを求められる。お客さんにはラブロマンスを求められる。

やっていけるだろうか。慣れない仕事に、受け付けられない姉の彼氏。頭の中を不安で埋め尽くしていた私は、家に置いてきた喋る狸の神様などすっかり忘れていたのであった。

連日猛暑日を記録した今年の夏もすっかり遠ざかり、日没後の外の空気はしっかり冷やされていて冬の足音が確実に近づいてきているのを感じる。

結局、午後は早退したパートさんの穴埋めにずっと店に出ていた。一時間の残業を終えてアパートに帰宅する。

「おかえり」

明かりのついた部屋から聞こえた男の声に一瞬たじろぐ。そうだった！と、ここで神様の存在を思い出した。

「た、ただ……いま……」

実家から離れ悠々自適な一人暮らしを始めたはずなのに。誤算で連れ込んだ狸相手に「ただいま」ですか。遣る瀬《やせ》無いなー。

「昨夜より少し遅いではないか」

「ちょっと、残業で」

「風呂が沸いておる。入ってまいれ」

「あ、ありがと……」

遅かったわね。お風呂入っちゃいなさい。ママが言いそうな事を狸に言われるこの違和感は何とも表現し難い。

ゆっくりと湯船につかり、お風呂から上がると神様は魚肉ソーセージを食べていた。

「腹が減ってな。夕餉まで待てずにもらい申した」

「ゆうげ？　あぁ、夜ご飯か。私は基本、夜は食べないので作りません」

「なんと！　夕餉はないのか⁉」

思わず「ガーン」とアフレコしたくなるほど神様はあんぐりと口を開けている。

「昔から一日二食なのです。お腹が空いているなら適当にどーぞー」

コップに注いだ水を一気に飲み干す。神様は「楽しみにしておったのにブツブツ
ツ」と小言を零《こぼ》しながら、あぐあぐとソーセージに齧りついた。

「そうだ。狸さん。裁縫道具はどこですか？　ウサギの絵が描いてある丸い箱の」

荷物を自分で片づけていないために色んな物が行方不明だ。

「それがし神様でござる。それなら、そこの引き出しの中だ」

「ここか。……あった。どうも」

「針仕事か」

「家族が増えましたからねー。服を作らないと」

「家族とな？」

疑問符を浮かべている神様に「こちらです」と整列してるウサギのヌイグルミ達を指す。それぞれが洋服を身にまとっている中で、餞別で貰《もら》った二匹のウサギだけがまだ何も着ていない。

「この、綿を詰めた玩具が家族だと申すか。お嬢は頭が狂うておるのか？」

「パンチがストレート過ぎますなー。誰にだって人目も気にしてられないくらい溺愛してしまう物の一つや二つはあるはずです」

「理解できぬでござる」

「……マヨネーズ」

「よく分かるでござる」

納得した神様の横で針に糸を通す。裁縫は昔から得意だ。

「こんな時は無心にひたすら手を動かすに限る」

「こんな、とは何だ？」

「色んなことが一度に起こり過ぎて処理しきれないのです。新生活を始めてまだ三日目だというのに。見えない先は不安だらけで考えたくもない」

ザクザクと裁ちバサミで生地を切っていく。

「でも。あの人だけは見過ごせない」

「あの人とは誰だ？」

「チャラシ。お姉ちゃんの彼氏。チャラいしアホくさいし兎に角嫌い」

ザクリ。ついハサミを持つ手に力が入って切り過ぎてしまった。

「姉上がおるのか。しかし所詮《しょせん》は姉上の彼氏であろう。お嬢がそう気を揉《も》む事でもあるまい」

粘着ローラーを持ち出した神様がコロコロと糸くずを掃除していく。

「そうはいきません。お姉ちゃんは彼氏の事で何か悩んでるみたいで、心配なんです」

切った生地をチクチクと縫い合わせる。

「あんなのと付き合ってたらきっと悩みなんて尽きない。さっさと別れてしまえばいいのに」

ザクザクザクザク。

「もしかして、別れたくても別れられなくて悩んでるのかも。しつこくされてるとか」

チクチクチクチク。

「お嬢は、姉上の相手がどんな者であれば承認できるのだ？」

コロコロコロコロ。

「うーん。そうですねー。身近な人で言うなら……大黒さんとか、いいかも」

かたちになった服を仕上げながら、同じ職場でお世話になっている大黒さんの事を話した。

「足音もなく歩くところとかミステリアスだし、不愛想だし、厳しいし。怖い人だなって最初は思ってたんだけど。でもね、店に出ている間、少しでも困った事があるとすぐにフォローしてくれて、頼もしいのです。意外と優しくて、きっとそういう人がお姉ちゃんには合ってると思う。はい。出来たー」

完成した服を早速新しい家族に着せる。

「お嬢は器用でござるな」

「でしょ。あぁ、話したらちょっとすっきりしました」

今まで何でも姉に相談してきたけれど、今回の悩みはそういうわけにはいかない。

「そうだ。明日も帰り遅くなりそう。ミヤダイがまた店に来てっていうから。ミヤダイっていうのは居酒屋で働いている、偶然再会した同級生なのです」

「チャラシ。ミヤダイ。お嬢の周りは変わった名前の者が多いな」

「本名じゃないけどね」

「その店にはマヨネーズはあるのか？」

「……連れていく気は毛頭ございませんが」

「行くなど誰も言うてはおらんでござる」

風呂に入る。と立ち上がった神様が横を通り過ぎる。

「あ。今、小さい声でケチって言った……？」

振り返った神様は知らん顔で尻尾を振るとバスルームへ消えていく。それを見送った私はすぐさまロフトに上がって寝具を確保。もうソファで寝るのは御免である。

◆

同居三日目。この日は一日事務仕事であった。定時で事務所を出た私はミヤダイの店に向かった。

週末の店内はなかなかの賑《にぎ》わいをみせている。ミヤダイの指示通り「予約してる中神です」と店員に告げる。

「こちらでありんす」

他の店員と同じ制服を着ているのにどことなく原宿感のある、何故か花魁《おいらん》口調の女の子に個室へ案内される。ビールを注文して待っていると間もなくミヤダイがやってきた。

「これお通し。それからこっちは、来月から出そうと思ってる新メニュー」

テーブルに小鉢と一品料理を置きながら、狭い個室に上がり込んでくる。

「感想聞かせて」

「いただきます。……うん。いい。美味しい」

カリッと揚げた輪切りのポテトにチーズを挟み、たらこマヨネーズをかけている。

シンプルだが、おつまみには喜ばれそうな一品である。

「話って、これ？」

「……いや」

すると店長ミヤダイは控えめな声で「今俺、好きな人がいるんだ」と言い出した。

「ごめんなさい」

「振るんじゃねーよ。お前じゃねーし」

「興味ないですなー」

「そう言わずに聞いてくれよ。他に話せる奴いないんだよ」

「甘いものが食べたい」

「サービスします」

東京にいたミヤダイは短大を出て就職し、今年の春からこの店に店長として配属された。慣れない仕事に最初はミスを連発していたという。

「ある日、ついにやっちまったんだよ。客に飲み物ぶっかけちゃって」

「うわー。さぞかし怒られたでしょうなー」

「それがさ。その人、頑張れって俺を励ましてくれて。スーツ着たキャリアウーマンって感じの人なんだけどさ。もうその日から俺、その人の事が頭から離れないんだよ」

「それ、どこの女神？」

「店には、あれから来てないんだけど。地元人であるのは確かなんだ。何度か近所で偶然会ってっから。声を掛ける度《たび》に優しい言葉をくれるんだよ」

学生時代にバイトしていたコンビニで、常連客に恋をしていたが告白も出来ずに終わってしまい、次にバイトしたホテルで偶然にも婚約者を連れた幸せそうな彼女を目撃。もう二度と恋なんて出来ないと思う程に落ち込み、引きずり、長い冬を過ごしたミヤダイに再び春をもたらしたその女性は、正にミヤダイにとって恋の女神様だと彼は言う。

一通り話し終えたミヤダイは気が済んだご様子で個室を後にした。程無くして運ばれてきたスイーツもしっかり頂いてから立ち上がる。あの忌《い》まわしきチャラシがまた居やしないかと警戒しながら店を出た。願わくばもう二度と会いたくはない。

次に向かうのはスーパーだ。遅い時間まで開いている店をミヤダイに教えてもらった。バスに乗ればすぐの距離。近くのバス停目指して歩きだした時、前方を歩く背の高い男に目が留まり、足も止まる。

チャラシだ。

初めて見る私服姿は意外と無難だがチャラいオーラが隠しきれていない。気付いた途端に気が滅入る。見なかった事にしようかな。

「………」

やっぱり気になる。

チャラシの何が姉を悩ませているのか。どういう人物なのかもう少し知りたい。でも、会いたくはない。まごまごしているうちにもチャラシは歩いて行ってしまう。よし。こうなれば、と私はチャラシの後を追うように歩き出した。声をかけるつもりは無い。このまま後ろで様子を窺い偵察《ていさつ》しよう。

知らない街でよく知らない男を追いかける。私の周りだけ空気が張り詰めている。実際は数分であろう時間もとても長く感じる。だんだんと行き交う人も店も減り、開けた広場に差し掛かった時だった。突然、振り返ったチャラシがくるりと方向転換してこちらに向かってきたのである。

私は咄嗟《とっさ》に近くの茂みの中に隠れた。もしかしてバレたのだろうか。近づいてくる男の気配にじっとして息を殺す。カツカツとアスファルトを踏む足音は確実に迫ってきている。

カツカツカツカツ。

やばいやばいやばい。こっちに来るし。逃げ場はないし。南無《なむ》八幡《はちまん》大菩薩《だいぼさつ》。願わくはチャラシをここではないどこかへ行かせてたばせたまえ！

チャラシの足音が目の前でピタリと止まった。

「こんなところで何してるのかな？」

万事休す！　もはやここまでか。後をつけてましたと素直に白状して謝れば許してもらえるだろうか。やっとの思いで再就職したばかりだ。通報だけは見逃してほしい。祈る思いで恐る恐る腰を上げた。

無事にアパートへ帰り着いたが、真っ暗な部屋の中に神様の姿はなかった。

明かりをつけると部屋干ししていた洗濯物がキレイに畳まれていて、お風呂も沸いている。ここにいた痕跡《こんせき》はしっかり残っているのに、その姿だけがないのである。トイレかなとドアをノックしたところで、ついさっき施錠した玄関の鍵がガチャリと音をたてた。

「ただいま」

一人の男が入ってくる。神様だ。

「……お、おかえりなさい」

神様は私の知らぬ間に合鍵を持っていたようだ。

「どこに行ってたんですか？」

「うむ。ここは夕餉《ゆうげ》がないと申すからな。外で食べてきたでござる」

「外で？　お金、持ってるの？」

「無論。食い逃げなどしてはおらんでござる」

「そう、ですか……」

デニムパンツのポケットから、何やら見覚えのある赤い蓋。まさか持って行ったというのかマヨネーズ！　これはかなりの中毒者であるようだ。

お風呂から上がると、部屋でテレビを見ながら寛いでいる神様は狸に戻っていた。

「狸さん」

「それがし神様でござる」

二人分のお茶を淹れて神様の向かいに座った。私の家族達に囲まれるかたちでグルメ番組を食い入るように見ている神様。じっとしている姿はやっぱりヌイグルミである。

「今日ね。チャラシを見かけたんです」

「ほう。して、いかがした？」

「気づかれないように、そっと後をつけました」

「ストーカーでござるな」

神様はテレビを消してこちらに目を向ける。

「偵察です」

ミヤダイの店を出てチャラシを見かけてから、窮地に立ったところまでを神様に話した。

「私の追跡に気付いたようにチャラシは振り返った。そして、茂みに身を隠した私の目の前までやってきて、こう言ったのです。こんなところで何してる？」

戦慄《せんりつ》が走ったあの瞬間。思い出すだけで心臓が小さな悲鳴をあげる。

「こうなったら仕方がない。観念しますか。茂みから身を出そうとしたその時でした。『ママを待ってる』チャラシの問いにそう答える男の子の声。茂みの中から目を凝らすと、私とチャラシの間にスニーカーを履いた細い足が。そう、チャラシは私ではなく、目の前の男の子に声をかけていたのです」

『こんな時間に一人で危ないぞ』夜道で一人母親を待つ幼げな子供を揶揄おうというのか。しかし男の子も負けずに言い返した。『気安く子供に声かけない方がいいよ。変態だと思われて通報されても知らないよ』

「チャラシと男の子の会話は母親が来るまで続きました」

その間、私は小枝がチクチクと当たる茂みの中でじっと耐えていた。

「男の子が去るとチャラシもいなくなって、その後自宅と思われるマンションに消えていくのを見送って偵察は終了。結局、最後までバレませんでした」

「家まで付いて行くとは。完璧なストーカーでござる」

「偵察だから。うん。我ながら完璧な偵察でした」

それにしても、チャラシの目的は一体何だったのか。足しか見えなかった男の子は声の感じから推定すれば小学一・二年生といったところ。幼い声とは随分ギャップのある達者な物言いで生意気発言を連発していたが、だんだんと警戒心が弱まっていき、最終的には二人で楽しそうに話していた。

「チャラシは何がしたかったんですかねー。男の子は迷子って感じでもなかったし、助けを求められたわけでもないのに。それにですよ。それまで楽しそうに子供と話してたくせに母親が現れると、夜道に子供を置き去りにするな！　とか急に怒りだしたのです」

小さな子供を、それも夜中に一人にさせるというのは確かにどうかとも思うけれど、心配するほど治安の悪そうな場所ではなかったし、目と鼻の先にはコンビニもあった。パトロール中のお巡りさんでもないチャラシが声をかけ、変態呼ばわりされながらも男の子に話しかけていたのは何故なのか。

「母親は反省しておったのか？」

「ううん。知らない人と話しちゃダメって子供を叱りつけてました。しつこく話しかけてたのはチャラシの方なのに。可哀想《かわいそう》」

「人は見かけによらぬものだ」

「……と、言いますと？」

「大人にしてみれば何て事もない夜道も、非力なわっぱ一人ではさぞかし心細かったであろう」

神様は抱えたマグカップにふーふーと息を吹きかけてお茶を飲んだ。

「それって、男の子と一緒に母親を待ってあげてたって事？　チャラシが？　それはないですよ。そんな篤実《とくじつ》な顔してないし」

「人を見かけで判断するのは賢いとは言えぬでござる」

「それはどうかな。キレイとか不細工とかいう話じゃないのです。だらしない人はだらしない容姿をしてるし、しっかりしてる人はしっかりした容姿をしてる。見た目って性格出ると思います」

容姿が狸なマヨラーの神様は例外ですが。

「心は纏《まと》わぬもの。チャラシとやらが、わっぱと一緒におったのはその心を案じての事。母親を叱咤《しった》したのはわっぱの身を案じての事であろう」

「…………」

コンビニから漏れる明かりの中、一人で親を待っていた男の子はどんな顔をしていたのだろうか。私は追跡に夢中で男の子の存在すら気が付かなかった。チャラシは、一度は男の子の前を通り過ぎたものの戻って来た。男の子の様子に気が付いたのかもしれない。もし私ならどうしただろう。もしも男の子が不安そうな顔をしていたら。気にはなるけれど、声をかけただろうか。私は、チャラシみたいな行動に移れただろうか。

「して、お嬢はさっきから何をしておるのだ？」

「え。あぁ、これ？　明日の朝食に使おうと思って、準備をですね」

「何を？」

「たらこマヨネーズ」

偵察自体は成功した。けど肝心なチャラシの人物像は、やはり一度観察したくらいではまだ分からない。何だか落ち着かない私はテーブルに道具と材料を並べた。包丁で切れ目を入れた一腹のたらこの中身をボールに取り出し、そこへ「いざ！」とマヨネーズを構える。

「お嬢。待て。何をする！」

「美味しいソースを作りますからねー」

「戯言《ざれごと》を申すな。ありのままが一番美味いに決まっておる。はやまるでない！」

「投入〜！」

「あーっ！」

ボールにマヨネーズを流し込み、まぜまぜするとピンク色のソースが出来上がる。涙目になってぷるぷる震えている神様を横目に塩で味を調えた。

「まぁ。まぁ。騙《だま》されたと思って、お味見どーぞ」

歪《ゆが》めた顔の鼻先に、かき混ぜていたスプーンを差し出す。

「猪口才《ちょこざい》な。こんなものは食わぬ。騙されるまでもないでござっうぐん」

ぷいっと横を向いた神様の口にスプーンを突っ込んだ。

「もごもごもご」

「どう？」

「……美味いでござる」

「でしょー。明日の朝オムレツにかけ……って、うわぁ！　それは反則っ！」

たらこマヨネーズを直《じか》で舐《な》めようとした神様から慌ててボールを取り上げる。スプーンを銜《くわ》えたままでいる口から涎を垂らし、瞳を輝かせている神様を背に急いで冷蔵庫へと仕舞った。しかし、翌朝になると冷蔵庫からたらこマヨネーズは消えていて、ソファの上で満足そうに寝息を立てている神様の口の周りにはピンク色のソースが付いていたのであった。

◆

同居四日目。恐れていた事態に見舞われる。私と大黒さんの根も葉もない噂《うわさ》が店内に流れ出したのである。内容は私達が微妙な関係であるという至極曖昧なもの。出所は勿論《もちろん》あの妄想マダムだった。

同居五日目。配達へ行くという大黒さんに社長が「彼女の中神さんを連れて行け」と揶揄った。荷物が多いため誰かにヘルプを頼もうとしていた大黒さんは否定もせずにこれを快諾。複数ある配達先の中には何と姉が勤務する会社もあった。という事は、チャラシもいる。何か探れるかもしれない。そう考えた私は、周りの好奇の目から逃げるように大黒さんが運転する社用車に乗り込んだのである。

個人宅やレストラン、デパートなどを回り注文を受けた花を届けた後、最後に向かったのは中心街に建つオフィスビル。姉の勤務先である。パキラやモンステラなど重量のある観葉植物を荷台に積んだ大黒さんと、寄せ植えを抱えた私はエレベーターに乗り、四階にある目的地に到着した。ここは定期的に花や植物の注文が入る顧客様であるらしい。そんな繋がりがあって今の私があるわけですね。

「仕事中なんで働いて」

受付で納品確認をしている大黒さんの横で辺りをキョロキョロ窺っていたらジロリと睨まれお叱りを受けてしまった。慌てて梱包《こんぽう》を解いていた大黒さんを手伝い、出てきた女性社員の指示に従って植物達を置いたらあっという間に配達完了。結局チャラシを探る事は出来ずトホホと肩を落として車に戻り、やれやれと店のロゴ入りエプロンを外す。

「やっぱり時間過ぎたな。今日はこれであがっていいです」

定時を過ぎたら直帰してもいいというのが社長の御達しだった。

「用事がないなら家まで送るけど。僕も後は戻るだけなんで」

不愛想だけど優しい大黒さん。二十六歳の若さながら店舗の一切を任されていて真面目で仕事熱心。こういう人の方が絶対、姉には合っているのに。

「では、お願いしま――」

お言葉に甘えようとシートベルトに手を掛けたその時。偶然視界に入った人物に私は目を疑った。べしっと窓ガラスに張り付くようにして目を凝らす。

「……何やってるの？　中神さん」

「あああ、あの。や、やっぱり自分で帰りますっ」

お疲れ様でした！　と、自分のバッグを摑んで車から飛び出す私の目は、歩道を歩く一人の男にロックオンしていた。

チャラシだ。

見失わないよう必死にその後姿を追いかける。じわじわと距離を縮め、時折物陰に隠れながら私はチャラシの動向を探るために尾行を開始した。これは神様の言うストーカー行為では決してない。私は妹としてもっとチャラシという人間を知る必要がある。そう。これは必要あっての偵察なのだ。

アパートに戻ると今日も神様の姿はなかった。洗濯物はキレイに畳まれ、お風呂は沸いており、冷蔵庫からマヨネーズが消えている。

「またご飯ですな。お金持ってるって言ってたけど。働いてるのかな」

神様が葉っぱをお金に換えているのを想像し、まさかねーと笑いながらお風呂に入る。出た時には部屋に神様の姿があった。

「ただいま」

狸の神様は粘着ローラーをソファにコロコロさせていた。

「おかえりなさい」

私は神様に、大黒さんと噂になった事と、姉の会社へ行った事、それから偶然チャラシを見かけて後をつけたことを話した。

「ストーカーが板に付いたでござるな」

「偵察ですから。チャラシはカフェに入ったのです。丁度店の前にバス停があったから、並ぶ人達に紛れて店内を観察。壁はガラス張りで店内は明るい。もうばっちり見えるわけですよ」

「うむ」

「ところがですよ。一人かと思ったチャラシが座った席には、お姉ちゃんがいたのです。……やっぱり彼氏はチャラシで間違いなかった。あぁ。なんてこった」

天は二物を与えず。昔から何でも出来る優等生タイプであった姉に、まさか男を見る目がなかったとは。弱点はお酒だけだと思っていたのに。

「あんなチャラい男に捕まるとは、嘆かわしいですお姉ちゃん」

「嘆かわしいのはお嬢の方でござる」

「……私？　どして？」

「年頃の若い娘がそのような色気もない兎《うさぎ》のパンティを穿くなどと」

神様の視線が、畳まれた服の一番上にある下着に留まる。ウサギのワンポイント刺繍が丁度中央に来るように小さく折りたたまれたコットン素材。

「可愛いじゃないですか」

慌てて仕舞い込む。そんな風に思いながら私の下着を畳んでいたのか。

「このような物がパンチラしたところで噂の相手も興醒めでござる」

「スカート穿きませーん。大黒さんは関係ありませーん」

コロコロしながら「やれやれ」と首を振る神様。まるで過干渉な母親と反抗期の娘の図である。

「何が『やれやれ』ですか。……そうだ。さっきお買い物して五百円玉のお釣り貰ったんだった」

働くようになってから硬貨の王様五百円が手に入ると貯金箱に投入して貯めるようになった。目的は貯金よりもお気に入りの貯金箱を使う事にあるのだが、重くなる度に愛おしさも確実に増していく。

「ねぇ。狸さん」

「それがし神様でござる」

「貯金箱はどこ？ リボンが付いてるウサギのやつです」

すると神様は、まるで早送り動画を見ているような素早さでソファの上に飛び乗り丸くなって目を閉じた。おや？ 寝るの？ 急に？ おかしくない？

「ぐーぐー」

台詞のようないびき。絶対におかしい。嫌な予感がした途端にピンときた。

「……まさかとは思いますが、私の五百円で外食してるって事は……ないです、よね？」

「ぐーぐー」

「お昼のお弁当は多めに作ってあげてるのに、外で何食べてるんですか？　お金はどうしてるんですか？」

「ぐーぐー」

「分かりやすい狸寝入りですなー」

ゆっさゆっさと小さな背中を揺らす。

「おーい。起きろーい。マヨ狸やーい。マヨ侍やーい」

「ぐーぐー」

「ポコ侍やーい」

「誰がヘッポコだ。それがし神様でござる」

不満顔で飛び起きた神様をすかさず摑んだ。

「あれは賽銭箱《さいせんばこ》じゃありませんよ。私の五百円はどこ？　白状しろーい！」

「ふぎゃ！　よせ！　よさぬか！　それがしを揺さぶったところで五百円玉は出てはこんでござる。おえぇ～」

その後。貯金箱は見つかったが、やはり重さが減少していた。神様は素直に使い込んだことを認めた。狸がネコババですか。とても神の所業とは思えませんけど。

「仕方ありませんなー」

結局は、いつも部屋の掃除をしてくれているお礼に一日一枚使うことを許したのである。

同居六日目も、仕事を終えて帰宅した部屋に神様はいなかった。ワンコインで一体どこまで行っているのだろうと思っていた矢先に男の神様が帰って来る。

「ただいま」

そう。神様は必ず帰って来る。

「おかえり……」

初めての一人暮らしを邪魔されているというのに、この言葉を口にすると何故か安心している自分に気が付いた。

◆

同居七日目。水曜日は店の定休日である。平日休みという初の経験も、先週まで無職で毎日が休日だった私はいまいち心躍らず、朝食を食べた後は昼まで二度寝。昼食後に「掃除の邪魔でござる」と神様に部屋を追い出された。これでは誰が部屋の主か分かったものではない。

気まぐれに一人映画を鑑賞した帰り道。ビルのガラスに反射している西日の眩《まぶ》しさから目を逸らした先で、偶然にもチャラシを発見。私はすぐさま物陰に隠れて偵察を開始した。ターゲットは道に迷っている様子の外国人に近付くと、人懐っこい笑顔で声を掛けて道案内を始めた。ハグをして別れた二人は知り合いだったのだろうか。

同居八日目。大量受注が入り忙しくなった店の手伝いに行くとパートさんが色めき立った。社内では私と大黒さんの社内恋愛を勝手に描いて盛り上がる事をちょっとした余興のように楽しんでいる傾向にあった。どういう訳か大黒さんは否定も肯定も何もせず、そんな中で私が否定すればするほど疑われてしまうのでお手上げである。

一時間半の残業を終え、帰宅途中に立ち寄ったコンビニでまたしても偶然にチャラシを発見。チャラシは店の外の歩道で何やらしゃがみ込んでいた。雑誌の立ち読みを装いながら偵察する。ターゲットはベビーカーに乗った赤ちゃんに向かって変顔を連発していた。声は聞こえないが口の動きから「いないいないばー」と言っているようだ。ぐずっていた赤ちゃんは泣くのも忘れてきょとんとしていたが、なかなか泣き止まない赤ちゃんに困っていた母親は大笑い。それを見て安心したようにその場を立ち去って行った。

同居九日目。仕事終わりに呼び出されたミヤダイの店で一方的な恋愛相談を聞くだけ聞いてやり家路についた。地下鉄の電車の中から、窓の外でスマホを見ながらホームを歩いている男性が定期入れを落とすのを目にした。男性は全く気が付いていない様子である。あらら—、と思っていたら後方から歩いてきたチャラシが定期入れを拾い、男性を追いかけていくところで扉が閉まり電車が発車した。

同居十日目。配達先のデパートで、車椅子の女性がちょっとした段差に苦戦しているのを見かけた。気付いた大黒さんが助けに行こうとするより早く、通りかかったチャラシが女性の車椅子を優しく押した。

同居十一日目。仕事帰りに、お年寄りの荷物を代わりに運びながら一緒に横断歩道を渡っているチャラシを見かけた。

誰もいないアパートに戻るとお風呂に入り、神様が「ただいま」と帰ってきたところで「おかしな事が起きている！」と訴えた。

「最近チャラシが親切な人に見えるのです」

「見たままなのではないのか」

洗濯物を畳みだした神様に疑いの目を向けて詰め寄る。

「そもそも。こうも連日チャラシを見かけるなんて偶然にも程がある。それも毎回人助けをしているところですよ。ねえ。何か仕掛けてないですか？　何だかポコ侍はチャラシに肩入れしてるように思うのですが」

「誰がヘッポコだ」

「言ってないから」

「意識しておる分よく目につくのであろう。真の姿とは、見せる時よりも見られる時の方が顕著に表れるものでござる」

見せる姿と、見られる姿。

最悪な第一印象から「嫌い」という目で見てきたチャラシの、思っていた人物像とは全く異なる顔に私は戸惑ってばかり。私はチャラシの事を知っているようで実は知らなかった。見てきたようで実は見ていなかった。

「……私の知ってるチャラシは、お姉ちゃんの知ってるチャラシとは、違うのかもしれない」

人を見かけで判断するのは賢いとは言えぬでござる。いつかそう言った神様の言葉の意味が分かったような気がした。

「姉は何でも出来ちゃうけど、だからって何でも一人で背負い込んじゃうところがあるから。あの人なら、そんな姉を支えられるかもしれない」

思いやりがあって、それを行動にする事が出来る勇気もあるチャラシなら。

畳んだタオルの折り目をキッチリと揃えた神様が「うむ」と頷く。

「今度会ったら、話しかけてみようかな。姉がお世話になってます、なんて。仲良くなれるでしょうか」

「姉上の相手と仲良くなってもだな。嫁には行けぬぞ。噂の相手とはどうなのだ？」

「大黒さん？　興味ないですなー。今の私にとって大事なのは姉の彼氏です。もしかしたらチャラシは私のお兄さんになるかもしれないのですよ？」

チャラいのは嫌だけど、姉の大事な人だと言うのであれば仲良くしたい。あんなに毛嫌いしていたのが嘘みたいに、今はチャラシが姉の彼氏で良かったと思えるから不思議である。姉がチャラシに対して何に悩んでいるのか分からないけれど、それは相手の事を真剣に考え、思っている証拠なのではないだろうか。

「そうだ。これ、大黒さんからもらったの。パキラって言うんだって」

社割で購入しようとしたら「遅いけど誕生日プレゼントです」と大黒さんに買ってもらうかたちとなった観葉植物を紙袋からガサゴソ取り出して神様に差し出す。大きな物ではないけれど贈り物用だからそれなりの値段がしたのに、大黒さんは意外と太っ腹である。でもどうして私の誕生日を知っていたんだろう。入社した日が誕生日であった事は誰にも突っ込まれなかったけれど。

「ポコ侍が人間に変身するたびに月桂樹の葉っぱ使われると困るのです。あれは煮込み料理には欠かせないし。葉っぱであれば何でもいいとかなら今日からこれ使って。大事に育てれば葉っぱ増えますよー」

「それがし神様でござる」

「それから。今更な気はしますが、神様がここで暮らしていくというなら私の家族を覚えてもらわないと。遅れましたが紹介します。おほん。右から――」

「ま、待て。この玩具すべてに名前を付けておると申すか？」

「勿論です。子供の頃より集めてきました私のコレクションであり私の家族。ではご紹介しましょう。先ずは――」

それまでのんびりと洗濯物を畳んでいた神様が光の速さでソファに飛んでいった。

◆

同居十一日目。この日、私は大黒さんに告白された。

青天の霹靂《へきれき》に痺《しび》れて仕事に身が入らず社長に怒られ、周りからは「社内恋愛も程々に」と揶揄われたが全く笑えなかった。

定時を迎えると脱兎《だっと》のごとく職場を飛び出してアパートへ戻った。しかしいつも通り神様の姿はないのである。

落ち着かない。何かしてこのうずうずする気持ちを紛らわせよう。家族の服を縫おうか、それとも野菜の皮でも剝こうかと考えていたところに神様が帰って来た。

「ただいま」

「おかえりなさい」

このやり取りが妙に心を落ち着かせた。

「聞いてくださいポコ侍」

「誰がヘッポコだ。それがし神様でござる」

「あ、あのですね。今日、大黒さんから告白をされたのです」

ソファに座った瞬間、あっという間に人間から狸になった神様に向かって私は話を切り出した。

「して、お嬢は何と返したのだ」

「知りませんでした。と」

「答えになっておらぬではないか」

「だって、本当の事だし……」

知らなかった。全く気付きもしなかった。

「まさか大黒さんが姉の彼氏だったなんて。そんな事、急に告白されても、私何て言ったらいいのか――」

「待て」

神様はぽりぽりと頭を掻いた。

「告白とは、お嬢への愛の告白ではないのか？」

「……何それ。そんなわけないじゃないですか」

「……さようか」

「大黒さんの仕事を手伝っていたのですが、二人きりになった時に聞いてみたんです。

どうして私達の噂を否定しないのかと」

大黒さんの事だから、下らない噂を相手にしたくないとか、そういう事だろうとは思っていたけれど。物静かで真面目で、社内外でも信頼の厚い大黒さんが否定しないというのはそれだけで信憑性《しんぴょうせい》が高まってしまっているように思えたのだ。

「そしたら大黒さん、根も葉もない噂なんてそのうち消える。周りの暇に付き合う必要もないでしょう。だって」

「正鵠《せいこく》を射た指摘にござる」

僕と噂になったら困りますか。そう聞かれても、私には気にかけるような相手がいないのであった。

「それから、大黒さんはこう言ったのです。『間違っても彼女の妹にそんな気起こさないから安心して』と」

意味が分からず「妹とは？」と聞き返した。すると今度は大黒さんがきょとんとしてしまった。聞いてないのか。そう呟いた大黒さんは肩を落として、私に告白した。

『僕は、中神さんのお姉さんと付き合っています』と。

「あまりの驚きで腰抜かすかと思いましたよ」

「姉上の相手はチャラシではなかったのか」

「……そういう事になります、よね」

酔った姉から聞き出していた彼氏のキーワード「年上」「同じ会社」「身近な存在」これらを姉ではなく「私」で当てはめてみると、大黒さんは私より年上で、私と同じ会社にいる、私の身近な存在。ピタリと一致するのであった。

初めて会った時に私の手先の器用さを言い当てた大黒さん。あれは見抜いたわけではなく、彼女の妹である私の事を端《はな》から知っていたのだ。あぁ。なんてこった。

「姉の彼氏が大黒さんだった事よりも、チャラシじゃなかった事の方が衝撃で。……というより、どうしてだろう。何だかショック……」

姉の彼氏が大黒さんである事に不満はない。全くない。寧《むし》ろその方がいいと思っていた。なのに何故だか事実を知ってからというもの、チャラシの顔が脳裏に浮かんでは胸が締め付けられるのである。

「……残念。そう、今の心境を一言で表すと、残念」

「噂の相手を好いておったわけではあるまい」

「当然です」

不愛想だけど仕事は出来て実は優しい大黒さんを、男性として意識した事など微塵もない。大黒さんに限らずこの世の全ての男に対してもそれは同じだ。

「男が嫌いってわけではないのですが。愛だの恋だの、そういったものに興味がない。私はそういう人間なので」

しかし何故、姉の彼氏ではないと分かったチャラシがこうも心に引っかかって消えないのか。

「良かったではないか。これでもう、お嬢がストーカーになる必要もなくなる」

「ストーカーじゃないし……」

どうして私の心は晴れないのだろう。心にぽっかりと穴が開いてしまったような、この寂寥《せきりょう》感は一体何だ。

はぁ。ソファに寄りかかり、神様を眺めながら大きなため息を零す。

「それがしに見惚れてないで風呂にでも入ってきたらどうだ」

へいへーい。と、生返事を返しながらじぃっと神様を見つめた。

「……どうしてウサギじゃなくて狸なんですか」

「それがし神様でござる」

「ウサギになーれー」

「ならぬわ」

魔法をかけるイメージで振り下ろした人差し指を前足でペチンと弾かれた。絵本の神様とは違う。この神様は優しくないし願いを叶《かな》えてもくれない。

「ウサギが良かったなー」

「お嬢。しつこいでござる」

冗談です。狸も、最近はわるくはないと思うようになりました。

でも。神様だというのならどうして私の心に靄《もや》がかかっているのか、その理由を教えてもらえないでしょうか。スッキリとしない私を、どうか靄の向こうへと導いてもらえないでしょうか。

◆

同居十二日目。帰宅した神様を私は玄関で出迎えた。

「ただいま。ここで何をしておるのだ？」

「おかえり。ここでずっと待ってました」

私もついさっき帰宅したばかりだが、それから神様の帰りを待つ数分がとても長く感じた。ポケットから出したマヨネーズを冷蔵庫に仕舞う神様の後ろを無言でぴったりとくっついていく。

「お嬢よ。何か申さぬか。怖いでござる」

「怖いとは何ですか。だいたい毎日どこでそんなにマヨネーズを消費してきてるんですかー？　ここに来て何本目のマヨネーズだと思ってるんですかー？」

捲《まく》し立てる私に逃げ腰の神様は、倒れ込むようにソファに座ると一瞬で狸に戻った。

「いかがした。随分と機嫌が悪いではないか」

「うぬー」

口を尖《とが》らして神様の前に座り込む。

「もうチャラシの事を考えるのはやめようと決めたのに、配達途中や店先や帰宅途中で何故かチャラシを見かけるのです」

勝手に勘違いして偵察までしていた罪悪感だろうか。あれからずっとチャラシが気になって仕方がないのだが、気にしたところで仕方もないと忘れることにした。それなのに狙《ねら》ったようなタイミングでチャラシが目の前に出現するのである。

「気づいたらもう目で追ってたり、後つけてたりで。あぁ、もう。何故なの。モヤモヤするんですけどー。イライラするんですけどー」

「まだやめておらぬのか。ストーカー」

「だって。気になるんです」

何故チャラシは私の前に現れるのか。何故私はチャラシから目が離せないのか。

「ああ謎《なぞ》過ぎて歯痒《はがゆ》いっ！」

「お嬢は、まだチャラシとやらが嫌いか？」

「…………」

嫌いだった。姉の彼氏だと思い込んでショックを受けるくらい。でも、今は——

「き、嫌いでは……ないと、思います」

「ならば好きか？」

「スキ……？」

好き。その言葉を口にした途端、耳が火を噴いたように熱くなった。

「なっなな、何をおっしゃいますか。ないないないない。それは無い！」

顔を見てみるがよい。神様に言われて鏡を覗き込む。

「な、なんじゃこりゃー!?」

そこに映った私の顔はまるで茹《ゆ》でられたように真っ赤であった。

「はっ！　風邪？　そういえばこの前パートさんが風邪で休んでたし。やばい。薬飲まなきゃ。解熱剤はどこですか？」

「恋の病に効く薬が救急箱にあるわけなかろう」

「ありますよ救急箱。ウサギの絵が描いてある……。コイの病？」

小さな前足で腕組をした神様が頷く。

「うむ。お嬢はチャラシに惚《ほ》れておるのだ」

「……ホレテオル？」

「惚れておる。お嬢はチャラシに恋をしているでござる」

言葉の意味が呑み込めずオウム返しをした私に神様が繰り返す。

私が恋？　チャラシに？

「あはは。面白い冗談。私は恋とかする人間じゃないですよー」

「ほぉ。それは誰が決めたのだ？」

神様の言葉に笑いが止まる。

「誰って……。誰？」

「それがしに聞くでない」

「誰？」

「玩具に聞くでない」

「ケイタイをぱかりと開きまして」

「姉上に聞くでない。そんなに知りたくばチャラシに聞くでござる」

チャラシが私の何を知っていると言うのか。反論するより先に神様が続ける。

「解せぬのであれば本人に聞くでござる。お嬢が恋をする人間かどうか。面と向かって会ってみれば分かるのではないか？」

神様の挑発的な態度が柄にもなく癪《しゃく》に障った。

「わ、分かりましたよ。そんなに言うなら会ってみますよ」


その一時間後。私は図《はか》らずもチャラシと会い、有言実行となった。

静かな住宅街の一角にある弁当屋。閉店間際の店内でチャラシと会った経緯はこうだ。ここでお弁当を買ったという神様が私の貯金箱を失くしたと言い出した。「明日取りに行く」と神様は悠長に構えるが、あれは姉に貰った大事な物である。待っていられますかと駆け込み、店員さんが保管してくれていた貯金箱と無事に再会して胸をなで下ろし、さぁ帰りますかと踵を返したところで店に入って来たのがチャラシであった。

「「あ……」」

目が合うと互いに立ち止まった。

「ねぇ、君。この前の変顔の子だよね。ほら、飲み屋で会った。覚えてない？」

ついさっき会ったような気軽さで声を掛けてくる。やっぱりチャラい。

「え、ええ。はい。……こんばんは……」

「どうしてもここのカツカレーが食べたくなってさ。美味しいんだよねー。あれ、もしかして君も?」

手に下げた店の紙袋を指すチャラシ。中身は貯金箱なのだが、事情を聞かれても困るので適当に頷いて見せた。

「……で、では、さようなら」

チャラシに聞くでござる。神様の言葉が脳内を駆け巡る。急に胸苦しさを感じた私はチャラシの顔もまともに見る事も出来ず、逃げるようにその場を立ち去ろうとした。

「ちょっと待って」

呼び止められた。

「丁度良かった。実は俺この辺知らなくてさ。ちょっと道教えてくれる?」

チャラシのマンションはここから大分離れているから地元人でない事は確かだ。

「あ。え、えーと。わ、私も、引っ越してきたばかりだから、あまり知りません」

「分かる範囲でいいからさ。頼むよ」

カツカレーを買ったチャラシに半ば強引に連れ出された。

「君ん家から一番近いコンビニって何？」

チャラシと並んで歩く。ただそれだけの事なのに尋常じゃなく心が騒ぐ。冬が迫っている星空の下は冷え込んでいるはずなのに顔が燃えるように熱いんですけど何これ。

コンビニならいくらでもあるのに、聞かれたとおりにアパート近くのコンビニを答えてしまう。

「お。ビンゴ！　そこの限定商品気になってたんだ。それじゃ、そこまでよろしくね」

これでは家を教えるようなものだ。いくら姉の会社の人とはいえ教えるか普通？　普通じゃない。今の私は普通じゃない。走ってもないのに動悸がすごい。

「前にこのカツカレーを差し入れで貰ってさ。それからこの味が忘れられなくてね。店を教えてもらって、今日初めて買いに来たんだ」

さっきからずっと喋っているチャラシの横顔をちらりと覗き見る。背の高い人だとは思っていたが、こうして近くで見てみると思っていた以上に大きい。激しく打つ心臓の音で話がよく聞こえない。微かに震えだす足。転ばないようにと足元に意識を集中させていると、車道側を歩いているチャラシが私の歩幅に合わせるようにゆっくり歩いている事に気が付いた。

「あった。あれがそう？」

前方に光るコンビニの看板。その先にはアパートの屋根も見えている。

「は、はい。あれ、です」

これってもしかして……。

「あ、あああ。もしかして、これって、私を送るためにここまで来た、とか……？」

するとチャラシは「ばれちゃった」とお道化てみせた。

「女の子が一人で夜道なんか歩いちゃダメだよ」

「こ、子供じゃありませんし。護身術なら、心得ております」

「変顔なら効かないよ。君みたいなキレイな子は何をやっても可愛いから」

「…………」

キレイ。可愛い。今まで散々人に言われてきた言葉が、何故か胸に突き刺さる。痛いような。苦しいような。それでいて嬉しいような。もう訳が分かりません。

「道案内ありがとう」

コンビニ前に到着し、手を振ったチャラシ。次の瞬間、私は後ろを向いたその大きな背中に手を伸ばし、服を思い切り引っ張った。どうしてこんな事をしたのかと驚いたが、一番驚いたのはチャラシだろう。ぐぉっと短い悲鳴を上げながらバランスを崩した体勢を何とか自力で支えて持ち直した。

「すっすすすみませんっ。ごめんなさい！」

地面にくっ付きそうなほどに下げた頭の中に突如浮かんだ姉とミヤダイの姿。恋に悩み苦しむ二人の残像が、それまでの平面的な形象から立体的な心象に色付いていくのを感じて、あぁ、これがそうなのかと一人腑《ふ》に落ちた。

「何？　何？　ビックリしたよ急に。どうしたの？」

見上げたチャラシの顔を見て再確認する。間違いない、と心が叫ぶ。分かってしまった以上、無視はできない。

『お嬢はチャラシに恋をしているでござる』

おっしゃる通りじゃないですか。なんてこった。

「あ、あのっ」

「ん？　何？」

「わたっ」

「綿？」

「私っ。な、中神結といいます……」

鼻から深く空気を吸い込んで口から吐き出す。いくら夜風を吸い込んでも体の熱が冷めない。成程これは厄介《やっかい》だ。でもこのまま何もしないで帰ったら神様が黙ってはいないだろう。見ておれ。私だってやる時はやるのでござる！

「わ、私と……お、お友達になってくれませんか！」

「……？」

キョトンとした目で返される。

そうだ。よく考えたら面と向かって会うのはこれが二回目だった。それなのにいきなりお友達だなんて。これって私の方が余程チャラくないだろうか。やばい。誰とでもすぐ仲良くなる本家のチャラシが戸惑っている。神様いきがってすみませんでした今すぐ私を消してください。

「あああ、あの。ごめんなさい。えっと、今のは――」

今のはどうか忘れてください。負け犬と罵《ののし》られてもいい。神様の待つ我が家へ尻尾を巻いて逃げ帰ろう。その前に謝っておかなければと視線を下げた先に、すっと差し出された大きな右手。

「俺は崇司です。よろしく」

恐る恐る見上げたその顔は、戸惑《とまど》いを残しつつも笑っていた。

アパートに帰って来た私はパタパタと一気に階段を駆け上がると勢いそのままに部

屋の中へ飛び込んだ。

「騒々しいな。近所迷惑でござあああああぎゅっ！」

両手を広げて家族達の中へ突っ込み、両手いっぱいに家族を抱き上げる。その中には家族にコロコロをかけていた神様もいた。

「分かりましたよポコ侍っ」

「しょれがしかびさばでごじゃりゅ（それがし神様でござる）」

「あー。ごめん。ごめん」

家族達にモコモコと押しつぶされている神様を床に戻し、私もその場にぺたりと座り込んだ。

「して。何が分かったのだ」

「二十一年生きてきて初めて知りました」

ため息交じりに乱れた尻尾の毛並みを整えている神様は、それでも私に真っ直ぐな視線を向けてくれる。

「私。恋をする人間でした」

どんな話にも耳を傾けてくれる神様。そう。神様はただ私の話を聞いてくれるだけ。それなのに、神様の前に座ると心が落ち着く。素直な自分でいられる。こんな特等席、他にはない。

「チャラシに会って分かったのです。胸がドキドキしっぱなし」

「そうであろうな。お嬢の顔は恋をしている女子のそれでござる」

「告白してきちゃった」

さり気なくドヤ顔をする私に「ほぉ」と神様は食いついた。

「それはまことか。友達になってください、なんてものは告白の内には入らぬぞ？」

「そ、そう、なの？」

「……やはりな。まぁよい。ところでお嬢よ」

「あぁ。貯金箱ならありましたよ」

弁当屋の袋からウサギの貯金箱を取り出して見せたが、神様は小さく首を振った。

「そうではない。外から帰ったらまず手を洗うでござる」

「あ。そうだね」

「それとだな」

「うがいもだよね。分かってますって」

「それもあるが」

「まだ何か？」

「おかえり」

「……」

一人じゃない。そう感じさせてくれるたった四文字の言葉は、どうしてこんなにも安心するのだろう。触れる事も出来ないのにどうしてこんなにも温かいのだろう。

「ただいま」

頭の中を不安で埋め尽くしていた誕生日。越してきたばかりの慣れない我が家で出会ったのは、ヌイグルミでも剝製でも化け物でもない一匹の神様だった。

この神様は助けてはくれない。救ってもくれない。導いてもくれない。

ただ居座るだけ。

ただそばにいてくれるだけ。

中神結。二十一にして有した知識。

恋とは、してみて初めてそれと分かるものである。

神とは、自分に「様」を付けるマヨラーの狸である。

お姉ちゃん。私のところにも来ましたよ。神様。
四歳の私が思い描いていたものとは随分と異なっています。

晩飯の神様

「天野《あまの》と神谷《かみや》ちゃんの次はお前が結婚か、信也《しんや》。おめでとー」

心がこもってねぇな。嫉妬《しっと》すんなよ。電話の向こうで苦笑いしているのは会社の同期。転勤前はよくつるんでいた気の置けない俺の友人だ。

「そろそろ仕事戻るわ。またな」

電話を切りオープンカフェを出たところで「部長」と声を掛けられる。振り返った先にスーツを着た小柄な女性が立っていた。

「休憩ですか？」

「あぁ。絵麻《えま》ちゃんも何か飲む？」

大丈夫です、と即答したこの女性は俺の直属の部下だ。

「部長。外では苗字《みょうじ》で呼んでいただけませんか」

「外って。ここ会社の隣だよ。庭みたいなものじゃないか。絵麻ちゃんも皆みたいに俺の事は崇司さんって名前で呼んでくれていいのに」

社内では俺の事を名前で呼ぶように。親睦を深めようと発令したこの業務命令に絵麻ちゃんだけは頑《かたく》なに従ってくれないでいる。

「部長がここへ来て一年になりますね。周りとはすっかり『お友達』のような信頼関係を築いていらっしゃるようですが、立場上の威厳も保持していただかないと」

「立場上、寛容の精神も大事だよ。心広く体胖《ゆたか》なりってね」

お前の場合はただ図体がデカいだけだ。信也ならそう言うんだろうけど、絵麻ちゃんは困ったように笑っている。

「また占いですか。お好きですね」

絵麻ちゃんの目が俺の手元にある新聞を指した。

「記事も読んでるって」

毎日載っている十二星座占いもチェック済みではあるが。

「部長は占い師と神様、どちらを信仰なさっているんですか？」

「え。神様って？」

「確かお守りをお持ちでしたよね。去年流行《はや》ったナンデモカンデモハッピーという」

「あぁ。あれは貰ったんだよ」

送別会で餞別（のオマケ）に貰った御守りだ。家に置いておくと何かの拍子に捨ててしまいそうだからデスクの引き出しに眠らせてある。

「俺は断然、神のお告げなんかよりも占いのアドバイスに耳を傾けるよ。良い事が書いてあるものだけ信じるタイプ。御守りだって、貰った俺より贈った奴の方がハッピーだってんだからさ。本社の鳥居《とりい》が今度、結婚するんだ」

「それはおめでとうございます。私これからS社に伺うところなんです。結婚祝いのカタログ、頂いてきましょうか。あちらはギフト専門ですからね」

「ありがとう。頼むよ」

では。と頭を下げて颯爽《さっそう》と去っていくその後ろ姿を、俺は複雑な思いで見送った。

東京本社からここ名古屋支社へ移りもうすぐ一年が経つ。新しい環境にも慣れ、優秀な部下に恵まれたお陰で仕事も順調なのだが。今朝、偶然にもその優秀な部下である絵麻ちゃんの噂を耳にしてしまってから、俺の中に不穏な空気が漂い始めていた。

『絵麻さん。彼氏のプロポーズ断ったらしいよ』

そう話していたのは昨夜、絵麻ちゃんと飲みに行ったという女子社員だ。酒に弱い絵麻ちゃんはノンアルコールカクテルを注文したが、店員が誤ってノンではないアルコールカクテルを出したらしい。一杯で見事に酔っぱらった本人がそう話したのだという。込み合ったバスの中。すぐ後ろにいた俺に気が付かない女子社員は同僚に向かって「内緒だからね」と、ひそひそ。内緒も何も丸聞こえだって。

絵麻ちゃんに彼氏がいることは知っていた。何度か「これからデートなので」と食事の誘いを断られている。

『もったいないよね。ラストチャンスかもしれないのに。仕事に生きるつもりかなぁ。

絵麻さん仕事できるから』

　その言葉を聞いた瞬間、まるで糾弾《きゅうだん》されているような疼《うず》きを感じて息を飲んだ。

「責任を感じてる。なんて言わないでくださいね」

　退勤後、珍しく食事の誘いに応じた絵麻ちゃんと入ったレストランで彼女はそう切り出した。図星を指されて動揺している事もお見通しのようだ。

「部長も耳にしたんですよね。私の噂。もう社内中に広がってますから」

　そう来たか。先手を打たれた俺は当意即妙とはいかず早々と白旗を上げた。

「お察しの通り」

「噂は事実ですし、自分の口から洩《も》れているので仕方ありませんが。部長に気を留めていただく事ではありません」

「いやー。プライベートに首を突っ込むつもりはないんだけどね。有能な絵麻ちゃんには、つい頼り過ぎちゃってるなーなんて節もあってさ。俺が彼氏より仕事を選ばせてしまったのかと思ったりして」

「頼っていただけるのは嬉しいですけど、考え過ぎですよ。因《ちな》みに私、彼とは別れていませんので」

「そうなの？」

メイン料理を頬張りながら「勿論です」と頷く。

「でも、会社の子と飲みに行くなんて慣れない事をしたのは部長のせいですよ」

「え？　そこ責めるの？　なんで俺？」

「仕事終わりに飲み食いに誘うなんて習慣はうちにはありませんでした。若い子なんかは特に面倒がって敬遠して忘年会や新年会、社員旅行も不参加なんて人も少なくなかった。でも部長が来てから周りは変わりました」

「そうだったねー。最初みんなガード固くってロボかよって思ったよ。迷惑だった？」

「コミュニケーションの向上により職場の雰囲気は良くなっています。立役者は間違いなく部長です。何かスポーツをやっていましたか？」

「うん。バスケをね」

「私はバレーです。成果を出すにはチームプレーがいかに重要であるかは分かっているつもりです」

「そうか。それじゃもう少しお酒に強くならなきゃな」

そうですね。と笑う絵麻ちゃんは俺の二つ下の二十九歳。我が営業部に咲く一輪の花にしてチーフを担う、言わば俺の右腕。女性ならではの柔軟さと細やかさに加えて時には果敢に攻める決断力もある。この若さでは珍しく才幹に優れた人物だ。そんな彼女が人生最大の決断を下した。俺の出る幕じゃないのは分かってはいるが、本当にこれでいいのだろうかと心情に訴えてくるものがある。結婚祝いのカタログなんて頼むんじゃなかったなぁ。

「妹にも言われるんです。ビールの一杯も付き合えないなんてつまらないって」

「へぇ。妹いるんだ。どんな子？」

「私と違ってすらりと背が高くて美人ですよ。普段から飲む子ではありませんけどお酒も強いです」

「高身長のイケメンで酒好きな俺にピッタリだね」

「……。妹は恋愛全般において興味がありませんので、紹介は出来かねますね」

「今の間は何？」

妹か。きっとお姉さんに似て優しい子なんだろうな。会ってみたかったな。残念。

「私の事ばかり知られてフェアじゃありませんね。部長はどうなんです？　彼女はいらっしゃるんですか？」

「いたらきっと社内のコミュニケーションの向上に貢献できなかったかもね」

好きな子なら、いたんだけどな。

「でしょうね」

「ひどいなー」

「でも、気になる子なら、いらっしゃるんじゃないですか？　水曜日の夜に部長が女の子と二人で歩いてるのを見たって。若い子達が噂してましたよ」

言われて取引先の女の子が浮上したが、彼女と飲みに行ったのは昨日の事で、部下も一緒だった。

「一昨日……。あ。アレか。でもあの子は……友達なんだよね」

お友達になってください。夜中に一人で弁当屋に来ていたから心配で家の近くまで送った知らない女の子にそう申し込まれた。連絡先を交換して一昨日初めて食事に行ったばかりだ。

「若くて、モデルみたいにきれいな子だったそうで」

「そうなんだよ。でも残念ながら本当に友達。最近知り合ったんだよね」

「チャラい」

「おいおい素面《しらふ》さん。部長に向かって心の声がダダ漏れだよ」

中神結と名乗ったその女の子は噂通りの美人だけど、初対面の時は目と鼻の穴を大きく広げ前歯を剝きだしていて印象は強烈だった。十も年が離れたオッサンの俺と自《みずか》ら友達になった割にはコミュニケーション能力は低そうで、最新のタブレットを持ち歩いているのにケイタイはガラケーを愛用している。ちょっと変わった女の子だ。早くも噂になっていたとは。

それよりも、やはり気になるのは絵麻ちゃんだ。新参者だった時から懇篤《こんとく》な彼女の援助には幾度も助けられている。彼氏とは別れていないらしいし、気にするなと言われたらこれ以上は踏み込めない。しかしこれだけ彼女に頼っている俺が、関係ないと開き直るわけにもいかない。

「何かあったら相談してよ。どんな事でも聞くから」

頼り過ぎた罪滅ぼしではないが、何か絵麻ちゃんのために俺が出来る事はないだろうか。

「ありがとうございます。では、この件に関しては全然気にしないで頂けますでしょうか」

平然と笑顔を浮かべる彼女に、俺はそれ以上何も言えなかった。

絵麻ちゃんは俺と違って誰かに頼る事が苦手なタイプだ。それでも気にしないわけにはいかない。

こういう事ってのは重なるもので、俺にはもう一つ気掛かりな事があった。

絵麻ちゃんと別れた後に焼き鳥屋の暖簾《のれん》をくぐった。女性が好みそうなオシャレなレストランのオシャレな飯はどうも食った気がしなくて物足りない。男ばかりで程々に混んでいる立ち食いスタイルのカウンターに着き、注文をしたところでふと隣の男の手元に目がいく。赤い蓋を開け、焼き鳥にうにうにとかけまくっているそれはマヨネーズだ。肉の全体を覆いつくしたそれはもう串に刺さったマヨネーズにしか見えない。これはなかなかの視覚への暴力。

隣でドン引きしている俺に気付いているのか否か、ご満悦顔で串刺しマヨに食らいついている男は二十歳そこそこといった若さ。明るく染まった長めの髪から覗く耳にピアスを光らせ、甘い顔立ちの下にはネックレスが揺れている。チャラいな。お前が言うなよ、なんて信也に言われそうだけど。

男は食べ終わると、俺にしか届かないような小さな声で「ごちそうさま」と呟き、カウンターに五百円玉を一枚置いて店を出て行った。

「あと八十円です」

目の前に立った店員が、もも肉に齧り付いていた俺に言い放つ。何が？　と目で訴えると「五百八十円です」と繰り返した。

「お連れ様じゃないんですか？」

店員が五百円玉を回収したところで気が付いた。あのマヨ君が置いていったお金が足りないのか。

「……あー、そうそう。俺の連れがごめんねお兄さん。あと八十円ね。払います」

「それと、マヨネーズの持ち込みは今後やめてください」

ちょっとムッとしている店員の怒りももっともだな。あれじゃ店への冒瀆《ぼうとく》だと言われたって仕方がない。不足分を払わされた上に叱られて踏んだり蹴ったりだが、これも隣り合った縁って事で、まぁ良しとするか。

腹を満たして店を出た俺は、数分歩いたところでふと足を止めて振り返った。

「またか……」

そこに誰がいるわけではない。もう一つの気掛かりというのはこれだ。俺は最近至る所で妙な視線を感じるようになっていた。

◆

偶然とは、何の因果関係もなく予測も不可能な思いがけない事が起こるさまを言う。

俺は正に今、そんな状況に出くわしていた。

残業を終えて一人会社を出た俺は冷えた夜風が吹くなか飲食街をふらふら歩き、たまたま目に留まった一軒のおでん屋に入った。店内は満席だったが、相席で良ければと案内された二人掛けのテーブルに、焼き鳥屋で見かけたあのマヨ男がいたのだ。

「こんばんは。お邪魔するね」

こんな事もあるんだなぁと向かいに座る。

「うむ。三日ぶりでござるな」

「……？」

三日ぶり？　えっと、待てよ。この前焼き鳥屋に行ったのは……あぁ。本当だ。三日ぶりだ。あれ。今この子「ござる」とか言わなかったか？

「もしかして。焼き鳥屋で隣にいた俺の事、覚えてたの？」

「無論。八十円の恩は忘れぬでござる」

あ。やっぱ「ござる」言ってる。

「知ってたのか。確信犯じゃないか。俺が払わなかったら君、食い逃げだからね」

「困っておる者を捨て置けぬ性分である事は分かっておったのでな」

「……おや。君、知ったような口ぶりだけど前に会ったことあったっけ？」

「三日前」

「だよね」

あの日、会ったといっても会話すら交わしてはいない。職業柄一度会った人間は自然と覚える癖がある。例えどんなに影の薄い人物だろうと何かしらの痕跡は記憶に留めるこの俺が、こんな甘いマスクであざといマヨ男とその以前にも会っているというのであれば覚えているはずなのだが、全く記憶に無い。

「何を見ておる。この顔が眉目秀麗《びもくしゅうれい》なのは承知だが、男に見せるためにあつらえた訳ではござらん」

「あはは。ごめん。ごめん。君、面白いね」

ここでは味噌をディップして食べる法式のようだが、マヨ男はおでんと一緒に運ばれてきた味噌には目もくれず迷いのない動きでデニムのポケットから赤い蓋の容器を取り出し、大根とたまごとウインナーにマヨネーズをかけようとしている。

「店の人に怒られるよ？」

「うむ。そうであった。食べる前にはきちんと行儀よく手を合わせねばな。いただきます」

「いや。そうじゃなくてさ。お店の人に許可取ってるの？　それ」

俺の言葉を無視するマヨ男からマヨネーズを取り上げる。しかし血相を変えたマヨ男に即座に奪い返された。

「零れてるよ」

「なぬ！」

マヨ男が蓋の開いた容器を逆さにするかたちで握りしめるものだからマヨネーズがどばどばと零れていた。味噌を乗せた小皿がそれを受け止めている。

「固まってないでマヨ隠しなよ。俺の注文したのがもうすぐ来るから。店員に見つかって没収されてもいいのか？」

涙目になったマヨ男は慌ててマヨネーズをデニムのポケットに突っ込んだ。

「丁度いい。混ぜて味噌マヨにしちゃえば？」

「何を言う。マヨネーズに混ぜていいのはたらこだけでござる」

「でもこのままじゃバレるよ。よし。お兄さんが混ぜてあげよう」

「よ、よせ！」

「まぜまぜー」

「あーーっ！」

そんな大声を出すなって。慌てた俺は思わず味噌マヨをかき混ぜていた箸をマヨ男の口に突っ込んだ。

「おっと失礼。つい。…………あのさ。銜えてないで放してくれないかな。俺の箸」

さっきまで涙目だったマヨ男が目の色を変えて味噌マヨおでんを食べだした。

「そんだけで足りるのか？」

「お嬢から一日一枚と言われておるのでな。致し方ないのだ」

「オジョウ？　一日一枚？　ごめん。もっと分かりやすく言ってくれるかな」

これでござる。そう言ってマヨ男が取り出したのは、男が持つにはかなりの違和感があるウサギの形をした貯金箱だった。

「まさか、それ財布？」

ふむ。と頷いたマヨ男はウサギのお腹にある開閉口から五百円硬貨を一枚取り出した。

「一枚って、それの事か。小学生の小遣いだな。オジョウってのは？　お母さん？」

「一緒に暮らしてはおるが母上ではござらん」

やっぱりよく分からないな。しかし食事の席で他人の俺がこれ以上の詮索はよろしくないか。要は五百円という制限があってこれ以上食えないんだな。

「良かったらどーぞ。相席のお礼ね」

おでんというよりほぼ味噌マヨを食べている若者を不憫《ふびん》に感じた俺は運ばれてきたおでんを分けてやった。

「よいのか！　かたじけない。おぬしはまことに情に厚い男でござる」

「大袈裟《おおげさ》だな。俺は崇司。君は？」

「それがし神様でござる」

「……ん？」

神様と名乗った若者は至福と言わんばかりにおでんを頬張っている。

結ちゃんといい、この自称神様君といい、俺は変わった若者に縁があるのかな。

◆

人の噂も七十五日。この七十五日というのは一つの季節の期間を意味していると聞いた事がある。つまり季節が一つ過ぎ去る頃には噂は消えるよという解釈ができる。

秋たけなわ十月下旬。絵麻ちゃんの噂は最盛期を迎え、人々の関心はプロポーズに失敗した彼氏へと移っていた。誰も会った事がないと言う絵麻ちゃんの彼氏だが、取引先から帰って来た部下の一人が有力な目撃情報を入手したと密かに騒ぎだしていた。

「どうする絵麻ちゃん？」

「部長の手を煩《わずら》わせるまでもありませんよ。業務に差し支えもありませんし、放っておけばそのうち消えます」

権限を持ってすれば表面だけでも沈静化は図れる。しかし本人は放置が一番だと、これを却下。

「年下のイケメンらしいね」

「否定はしません」

ドヤ顔の笑みで返す絵麻ちゃんに内心ほっとする。もしデマが流れる等の悪化がみられ、絵麻ちゃんの顔が曇るような事態となっては上司として看過できない。

「部長こそ。年下の美人とはどうなんですか？　皆さん興味津々ですよ」

「あんな子が彼女だったら自慢しまくるんだろうなぁ。お友達なんだよなぁ」

結ちゃんとは昨日も食事に行ったばかりだ。彼女が勤めている花屋の定休日に会う事にしている。食事が終われば即解散。至極健全なお友達だ。

会議室からデスクへ戻る途中、ふと絵麻ちゃんの手元に目が留まった。

「そのハンカチ……」

「これですか。年甲斐もなく恥ずかしいのですが、気に入ってるんです」

「いや。可愛いよ。隠さなくてもいいのにー」

ハンカチに刺繍されていたウサギに見覚えがあったが、思い出す前に絵麻ちゃんは慌ててそれを仕舞い込んでしまった。


出張帰りの部下を労《ねぎら》いみんなで軽く飲んだ後に解散した午後九時過ぎ。無性にラーメンが恋しくなった俺は一人ふらりと暖簾をくぐった。駅前の大通りに面したラーメン屋には似た者同士が寄って集まって満席だったが、丁度良いタイミングでカウンターが一席空く。ラッキー、と座った真横から「崇司」と誰かに呼ばれ、振り向いた先の顔に度肝を抜かれた。

「や、やぁ。また会ったね……」

横にいたのは、あの自称神様だった。

「三日ぶりでござるな」

「前にも聞いたねその言葉。しかし、すごいな」

来たばかりだと言う神様と一緒に醤油ラーメンを注文する。

「まるで導かれたみたいだ。男じゃなかったら運命感じてときめいちゃうところだよ」

「すまぬが、そのような趣味はござらん」

「冗談だから。真顔で返すのやめようね」

にしても。これは流石に偶然が過ぎやしないだろうか。俺の目は自然と神様のデニムのポケットに。あぁ。やっぱり今日も持ち込んじゃってるなマヨネーズ。

「そういえば。君――」

「それがし神様でござる」

「本名は？」

「神様でござる。山の神にござるぞ」

「山？　神であることは譲らないんだね。まぁ、いいか。神様は一日五百円しか使えないんじゃなかったかな。醤油ラーメン予算オーバーだけど？」

「うむ。問題ない。今日はタダでござる」

「俺は奢らないよ」

あれだ。と神様が指さした先には「ラーメン無料！」の文字がデカデカと書かれたポスターがあった。詳細を見てみると「店長の気まぐれ企画。秋の夜長の大食い大会。三十分以内に替え玉記録更新でラーメン無料」とある。その横に掛けられたホワイトボードには「最高記録六玉」と記されていた。

「いやいや無理でしょ。そんな細い体で」

「十玉は軽いな」

失敗したらその分の料金は勿論払わなくてはならない。やめさせようとする前に早くも目の前にラーメンが運ばれてきた。

「いただきます」

神様の目は真剣だった。

三十分後。食べ過ぎて動けなくなった神様を担いで店を出る羽目になった。

「限界でござる」

「限度ってものを知らないのか」

「神に限度などない」

「さっき限界だって言ったよね？」

まともに歩けないくらい苦しそうに腹を抱えている神様をコンビニ前のベンチに座らせる。十玉は軽いなんて豪語していた神様は結局七玉でギブアップしたが、新記録を樹立して見事ラーメンのタダ食いに成功した。

「マヨネーズいらなかったんじゃない？」

「何を申すか。マヨネーズがあってこその勝利でござる」

神様の無謀とも思える挑戦に最初は冷ややかな目をしていた周りの客も次第に盛り上がり始めたが、マヨネーズの登場（店の許可は出た）により一気に場の空気は盛り下がった。

「これで明日は焼肉弁当にありつけるでござる」

「その腹でよく食い物の事を考えられるな」

膝に乗せたウサギの貯金箱を撫でる神様。鞄も持っていないのにポケットには入らないだろうサイズのそれをどうやって持ち歩いているのかと疑問を抱いた時だった。

「……あ。それ……！」

脳裏に、会社での一コマがフラッシュバックする。絵麻ちゃんが持っていたハンカチ。そこに刺繍されていたウサギが今、神様の膝の上にいる。

「急に大声など出して何事だ？」

「い、いや。ごめん。……何でもないんだ」

見覚えを感じたファクターはこれだ。花柄のワンピースを着て二本足で立っている特徴的なウサギ。間違いない。絵麻ちゃんが顔を赤くして咄嗟に隠した、あのハンカチのウサギと一緒だ。そう。顔を赤くして……。

「……」

ベンチに沈んでいる神様を見下ろす。最近になって矢鱈《やたら》に出会うこの男。ふざけた言葉を使って神だと名乗り頑なに本名を明かさない。絵麻ちゃんとお揃いのウサギを持っている年下のイケメン。

待てよ。これってもしかして……。

「ここで根を張っても詮方《せんかた》ない。帰るでござる」

重たげに腰を上げた神様がゆっくりと歩き出した。

「送って行こうか？」

「無用。男と肩を並べて歩いても楽しくないでござる」

今日中に帰宅できるのだろうかと心配になるくらいの足取りで去っていく神様の背中を見送りながら、俺はある疑心を抱いていた。

◆

「絵麻ちゃんの彼氏ってマヨネーズ好き？」

「何です急に」

営業車を走らせながら助手席の絵麻ちゃんに尋ねると案の定不審がられた。

「いやさ。最近ちょっと変わった子と知り合ってね。焼き鳥、おでん、ラーメン。何にでもマヨネーズをかけるんだよ。若い子の間で流行ってるのかなーなんて」

「若い子みんながそうだと思い込むのは可哀想ですよ」

勿論それは本心ではない。神様と同世代であろう結ちゃんはマヨラーではない。

「人それぞれですよ。私の彼も好きですけどね。マヨネーズ」

「へぇ。そっか……」

あの神様、実は絵麻ちゃんの彼氏なんじゃないだろうか。

年下。イケメン。ウサギ。そしてマヨネーズ。どれも決定打には欠ける曖昧な断片ばかりだが、寄せ集めてみると疑惑に当てはまらない事もない。

あの気になる妙な視線は今も続いている。仕事中でも休日でも至る所で感じる、見られているような感覚。そして行く先々で偶然出会う自称神様。もしや彼は俺を付け狙っているんじゃないだろうか。あの時代劇の見過ぎかなと思う言葉遣いはフェイクかもしれない。名前を隠して自分を偽り俺に接触する目的は一つしか思い浮かばない。

「部長。急に黙り込んで何をお考えですか？　運転に集中なさってください」

「大丈夫。信号見てただけだよ。ここはいつも赤が長いんだよね」

「そのマヨ子ちゃんの事を考えてたんですか？」

「マヨ子って」

「……チャラい」

「聞こえたよ。聞こえないように言ったつもりかもしれないけど聞こえたからね。男の子だからね。マヨ男だからね」

すみません、と笑う絵麻ちゃんにプロポーズして断られた彼氏もまた、彼女が仕事を選んだ理由の一つに俺があると考えているんじゃないだろうか。

恨んでいるんじゃないだろうか。

「部長？　どうかなさいましたか？」

「い、いや。ちょっと寒気がね。風邪でもひいたかな」

まただ。見られているような人の視線を感じる。

怖い。これはしゃれにならない。

「崇司ではないか」

帰宅途中に立ち寄ったコンビニで神様に声を掛けられた時は心臓が飛び出すかと思った。昨日会ったばかりで流石に連日はないだろうと気が緩んでいた。

「奇遇でござるな」

「……はは。ホントに」

考えてみれば今まで会ったどの店でも先にいたのは神様だった。このコンビニだってそうだ。途中いくつもある中で何の気なしに入った先に神様はいた。予知能力でもない限り俺を待ち伏せるなんて事は不可能だろう。

神様は絵麻ちゃんの彼氏であり何らかの意図をもって俺に近付いている。これは確固たる証拠もなくあくまで一つの仮説に過ぎない。あの妙な視線を懸念しての考え過ぎかもしれない。

神様は焼肉弁当を手にしていた。俺も弁当を買いに来たわけだが。

「焼肉か。最近食べてないな。神様、俺に付き合わない？」

「それがし男と付き合う趣味など持ち合わせてはおらぬ」

「勿論俺の奢りで。好きなだけ食わせてやるよー」

「付き合うでござる。さぁ参ろう」

何にせよ。どうしてこうも偶然が重なるのか。俺はもっと神様を知る必要がありそうだ。

「好きな人はいないの？　彼女とかさ」

煙を吸引するタイプのロースターテーブルを囲み、当たり障りない会話から始めた俺はついに切り込んだ。

「マヨネーズでござる」

「それ人じゃないよね」

「では。ご相伴にあずかろう。いただきます」

神様を焼肉屋へ誘って来たのはいいが、疑念を抱いている俺となかなか尻尾を出さない神様との会話はすれ違いが多い。

「崇司はどうなのだ？」

「俺はいないよ。彼女。好きな子なら昔いたんだけどね」

「マヨネーズの事でござる」

「そっち？　いや、まぁ普通かな」

ひたすらに肉を焼き、今日も持参のマヨネーズをたっぷりとかけて食べている神様。

マヨネーズの消費量は明らかに常軌を逸しているが、個室であるため周りの目はとりあえず気にしないで済むから黙って見過ごす。しかし、よくもまぁ太らないものだな。

「して。好きな人はおるのか？」

「聞いてくれたところ悪いんだけど、いないんだなぁ。これが」

危うく取られそうになったが死守したカルビを頬張る。

「俺、一年前に転勤でこっちに来たんだ。前の職場に神谷ちゃんって好きな子と、信也っていう気が置けない友人がいたんだけど、その人達は次々に結婚してね」

結婚の話題を持ち出したのは狙いだった。本当に神様がプロポーズに失敗した絵麻ちゃんの彼氏であるなら何らかの反応があるかもしれない。しかし神様は「ふむ」と頷いて焼けた肉にマヨネーズをかけている。その顔は幸福に満たされていた。

「その者達は今幸せなのだな」

「うん。神谷ちゃんは来年ママになるらしい。信也も小学校の同級生だっていう奥さんと仲良くやってるよ」

「さようか」

目元口元、手先に至るまで注意深く様子を見ていたが、焼肉に夢中な神様は「結婚」の言葉に全く反応を示さない。やっぱり俺の思い過ごしだろうか。

「あのお嬢がわっぱに飯を作れるのか」

「ん？ 今何か言った？ よく聞こえなかったんだけど」

「かまうでない。こちらの話にござる」

「そっか……」

探りを入れるのも性に合わないな。単刀直入に聞こう。

「ねぇ。君って、もしかして絵麻さんの彼氏？」

「いや。違うな」

即答だった。だよな。仮にそうだとしても本名隠すくらいだからそう簡単に素性は明かさないだろう。違えば違うと言う。どちらにしろ否定するだろう事は予測できた。

「それがし神様でござる」

これについては不思議な事にどうも嘘をついているようには見えない。本当に「神様」という名前なのか？ 時代劇見過ぎの神様さんなのか？

「祟司は彼女がおらぬと言うたが、気になる女子ならおるのであろう」

「……ん？」

迷いなく言い切る神様の言葉に一瞬驚いたが、脳裏にははっきりと結ちゃんの姿が浮かんでいた。

「顔にそう書いてあるでござる」

「俺の顔ってそんなにチャラいかな」

それとも、あの妙な視線はやはり神様に見られているのだろうか。

「……まぁ。そうだね。最近、ちょっと変わった女の子と知り合ったんだ」

「どうせ色気のないパンティを穿いた女子であろう」

「下着なんて見ないから。俺ってそんな変態顔してる？」

そもそも結ちゃんは出会った時も、過去二回の食事の時もパンツスタイルでチラリの可能性すらないんだけどね。

「かなりの美人だけど、恋愛感情はないかな。ただ……似てるんだよね」

あの夜。俺は気が付いた。

「前に好きだった子と。俺は神谷ちゃんの笑顔に惚れてたんだ。容姿は全く似てはないんだけどさ、ふとした時に笑う笑顔が似てるように感じた。何というか、印象に残る笑顔なんだ」

お友達になってくれませんか。唐突にそう言い出した結ちゃんに俺は笑顔で手を差し出した。握手を交わした時、それまで硬かった彼女の表情が崩れて零れた笑顔にハッとした。

「口数少なくて、食事に行ってもデザートしか食べない。俺ばっかり喋って俺ばっか食ってる。オジサンの話がつまらないのかな。俯《うつむ》いてばかりいるんだけど、ごく稀《まれ》に相好を崩すんだよね」

彼女の笑顔はすぐに消えてしまうけど目に焼き付いて離れない。

「未練がましいな」

「そうでもないよ。神谷ちゃんが結婚するって聞いた時は心から祝福したさ。相手は俺の元部下で信頼できる奴だしね」

結婚を前提に俺と付き合ってください。一年前、一度はそう神谷ちゃんに告白しようとした俺だが。元部下である天野の隣で神谷ちゃんが今も笑っていると思うと嬉しく思うし安心もする。

「俺は嘘のない笑顔が好きなんだ。心から笑っている顔っていうのかな」

結ちゃんの笑顔に神谷ちゃんの笑顔が重なって見えた時に、分かった。

「俺はそういう素敵な笑顔ができる人がタイプなんだ。俺よくチャラいって言われるけど、実は彼女がいたことあんまりなくてね。いまいち自分の女性の好みも分かってなかったんだよ」

彼女がころころと変わっていた独身時代の信也の方が余程チャラいよな。

「……悪い。喋り過ぎた。オジサンの恋話なんてキモいよね」

こんな事まで話すつもりは全く無かったのに。何やってんだ俺。

「この世に生を受けてまだ三十年そこそこの若造が何を申すか」

「気を使ってくれたんならありがと。君ホント面白いね」

俺より若いくせに随分と老獪《ろうかい》な口調だ。

「しかし崇司よ」

俺より若いくせに堂々たる呼び捨てだ。

「先ほど恋愛感情はないと申しておったではないか」

「言ったね。嘘じゃないよ。確かに惚れちゃいそうな笑顔だけど、そういった感情にはならないかな」

「それは、なにゆえか？」

「正直に言うと彼女とは、どう接していいか分からないんだ。あまり話してくれないから俺ばっかり喋るんだけど彼女は俯いてばかりでさ。つまらないんだろうな。なのに連絡はしてくれる。飯に行けば奢ってるけど、たいして食べないからそれが目的ってわけでもなさそうだし。一体オジサンに何を求めてるんだかね。若い子は難しいよ」

ガラケーを使うあたりジェネレーションギャップは然程《さほど》感じないが、何を考えているのかさっぱりわからない結ちゃんという子が俺には難問過ぎる。

止まらない神様の箸に肉の追加を注文しようとした時、手元に置いていたスマホの画面が光った。

「噂をすれば彼女からだ。明日の土曜日が休みになったって。……誘えって事かな。ねぇ。神様も一緒にどう？」

年も近いし、変わり者同士気が合うかもしれない。

「遠慮するでござる。明日はお嬢の留守中に掃除をせねば。物が多い故すぐ散らかるのでな」

「一緒に住んでるんだっけ。そのオジョウって、女の子？」

「当然だ」

「年上？」

「下でござる」

嘘をついてるようには見えないんだよなぁ。本当に絵麻ちゃんの彼氏じゃないのか。

絵麻ちゃんとは違う年下の彼女がいるのか？　同棲《どうせい》中の。そりゃ、いい年してぼっちの俺とか見下すわけだ。涙出そうだな。

「にしても。この年であんな若い子と出会っちゃうなんて。神様もイタズラだな」

「それがし悪戯《いたずら》などしておらぬ」

「いや、君の事じゃないよ。肉追加してあげるからマヨネーズ飲むのはやめようね」

本当にこのマヨ神様は何者なんだろうか。

◆

「あ、あの。飲みに、行きませんか……？」

出勤日数の調整で急きょ休みになったという結ちゃんを水族館に誘った帰り。女の子をディナーまで誘って一日中連れまわすのは良くないなと家まで送ろうとしていた時だった。

「同級生が、ですね。店長をしてまして、居酒屋で。クーポンがあるので、良かったら……」

「そうなんだ。いいね。俺で良ければ付き合うよ」

ここは紳士的に家へ帰すべきだが、俺は人の誘いを断れない質だ。

「え。ここ？」

「……はい」

やって来た場所は、俺が結ちゃんと初めて会った居酒屋だった。この店で酔っぱらった部下が一人でいた結ちゃんに絡んだのがそもそもの出会いになる。

店内は休日とあって賑わっていたが、結ちゃんの高校の同級生だと言う店長が個室を案内してくれた。

「予約もしないで急に来たのに悪いね」

「いえ。丁度キャンセルが出て一室空いたところだったんです」

ごゆっくり、と部屋を後にした店長は終始そわそわしていた。

「私が男性を連れてくるなんて、想像もしてなかったと思うので。その、落ち着かない店長さんで、すみません」

「そんな事ないよ。この店は何度か来てるから彼の顔も知ってたけど、話せば気が合いそうだなって思ってたんだよね、実は」

「崇司さんなら……きっと、誰とでも仲良くなれそうですが」

「まぁね。俺は基本的に人と関わるのが好きだから。腹減ったな。何か食べていい？結ちゃんは？」

それでは、と結ちゃんが注文したのはビールとおつまみだけ。

「いつも夜食べないよね。俺が奢ってるから遠慮してる？」

「い、いいえ。昔から夜食べるという習慣がないのです。あの、いつも奢っていただいてるので、ここは私が……」

「それじゃ俺が食べづらいよ。いいよ気にしないで」

「……では、割り勘で……」

同じ社会人とはいえ流石《さすが》に十も年下の女の子に奢ってもらうのはオジサン忍びないです。

「夜ご飯の習慣がないって、子供の頃から？」

今日で会うのも四度目。いつも俺の話ばかりしてるし、そろそろ結ちゃんの事を色々と聞いてみてもいいかなと切り出した。

「はい。……母は看護師をしていて、夜はいつも私一人で」

「ご飯作ってもらえなかったの？」

「いえ。毎日夜はお弁当を作ってくれて。……えっと。でも、一人で食べるご飯というのは美味しくないもので。あ、いえ、母は料理が得意で、何でも美味しいのですが……」

「うん。分かるよ。俺も一人っ子で両親共働きだから飯はいつも一人だったんだ。俺は空腹には勝てなくてしっかり食べてたけどね。でも、どんなご馳走《ちそう》だって『美味しい』って言える相手がいないと味気ないよな」

するとは結ちゃんはパッと顔を上げた。

「そうなのです！　私の場合は、お腹をしっかり減らしてですね、朝はそのお弁当と、仕事から帰って来た母が作ってくれる朝ご飯と両方食べてました」

「それはすごいね」

「今も朝は沢山食べるんです。毎朝早起きして朝食を作って、ついでにお弁当も。今は二人分作らなきゃいけないので大変で……あああああ！」

「わ。何？　どうした？」

いつも俯いている結ちゃんが珍しく意気揚々と話してくれる姿を微笑ましく眺めていたのに。突然顔色を変えて叫びだした彼女はひどく慌てふためきだした。

「あああの、二人と、言うのはですね、違うのです。その……ペットを、飼っておりまして……」

「あぁ。そうなんだ。何飼ってるの？　ウサギ？」

結ちゃんの持ち物から好きな動物と言えば瞭然。しかし結ちゃんは横に首を振る。

「ウサギを、飼いたいのは山々なのですが。物心ついた時からウサギが好きで、ちゃんと世話ができる年になったら飼ってもいいと言われてました……チャンスはあったのですが。一人の寂しさを知ってしまうと……」

「そっか。子供の内は学校に。社会に出たら仕事に。ずっと一緒には居てあげれないもんな。好きだからこそ飼えないか」

「はい。一人暮らしなものですから、その、どうしても仕事の間、気になってしまうと思うので」

「成程ね。それじゃ、今は何を飼ってるの？」

人並みの食事の用意が必要で留守中の心配がいらないペットって何だろう。

「……狸、を……」

番犬しか思い当たらなかった俺の頭では到底捻り出せない答えが返ってきた。

「へぇ。面白いね。名前は？」

「……ぽ、ポコ侍」

名前まで想像の斜め上をいく。やっぱりこの子はちょっと変わってる。

注文したビールが届いて乾杯をすると、結ちゃんは早速ジョッキを傾けてその半分を一気に飲み干した。可愛い顔に似合わず飲みっぷりが逞《たくま》しい。

「ちゃんと自炊してるんだね。偉いなー。弁当なんて買ったのしか食ってないよ」

「料理は、母に叩き込まれましたので、わりと。……あの、良かったら……」

言葉の先を待っていると、結ちゃんは残りのビールを飲み干した。

「よ、良かったら今度作ってもいいですか、お弁当！」

空のジョッキを抱えたその顔は耳まで真っ赤だった。

「本当？　嬉しいな」

「では早速明日っ……は日曜日、ですよね。月曜日は、どうでしょうか」

「ありがとう。楽しみだなー」

ほっとしたように笑う彼女につられて俺も笑顔になる。若さが眩しくて目を細めただけかもしれない。

◆

外にお客様が来てますよ。午前中の外回りから帰って来た部下にそう言われてロビーに出ると、そこに立っていた一人の男がこちらに向かって頭を下げた。

「お届け物です」

紙袋を下げたその男が身に着けているエプロンには見覚えがあった。

「俺に？　花は頼んでないよ？」

エプロンに刺繡された文字「君に花束を」は、会社が定期的に花を注文している花屋の名前だ。個性的な店名だからよく覚えている。

「中身は弁当だそうです。中神結に頼まれて持ってきました」

結ちゃんは花屋に勤めていると聞いたが。そうか。この花屋だったのか。

「それは、わざわざすみません」

作ってもいいですか、お弁当！　二日前の結ちゃんの言葉に実は期待して弁当は買ってなかったりするけど、本当に作ってくれるなんて。感激しながら紙袋を受け取ると先ずその重量感に驚いた。一体何人分が入っているんだろう。

それにしても、この人。お世辞にも愛想がいいとは言えないが精悍《せいかん》な顔立ちをしている。結ちゃんにお似合いなイケメンだ。

「別の階の配達に来たついでなんで。部長さんの事は絵麻からよく聞いてます」

「……？」

言葉に詰まる俺の反応を見て、男は「聞いてないんですね」と力なく呟いた。

「初めまして。大黒と言います。絵麻の彼氏です」

まさかの絵麻ちゃん彼氏ご登場に「えぇーっ⁉」と胸中で叫んだ。

「初めまして。……絵麻さんからは年下のイケメンだって聞いてるよ。彼女は今席をはずしてるんだけど直《じき》に戻ってくるから、良かったらコーヒーでもどう？」

「いえ。仕事中なんで失礼します」

「え、あ……」

礼を言う間も与えず大黒さんは去って行った。

誰もいなくなったオフィスの照明を落として施錠し会社を出た頃には、ひと家族分程あった結ちゃんの弁当ではち切れそうだった腹も落ち着いて適度に空いていた。とはいえ、そろそろ健康面も気になるお年頃。酷使した胃にも気を使わねばと、消化の良い飯を求めてうどん屋の暖簾をくぐる。

「崇司ではないか。三日ぶりでござるな」

入店して間もなく声を掛けられた。入り口脇に設置された食券販売機の硬貨投入口へ今まさに五百円硬貨を投入した自称神様だ。

「どうも」

奇妙な偶然も積み重なると理性が麻痺《まひ》するのか驚かなくなる。心のどこかで再び彼と会うような気すらしていた。

二人掛けのテーブルに案内されて席に着く。初めて入る店だが晩飯には少し遅い時間帯に六割程の席が埋まっていて、その多くが味噌煮込みを食べている。しばらくして俺達の席に二人分の味噌煮込みうどんが運ばれてきた。

「シンプルなたぬきうどんと迷ったんだけど。こっち選んで正解だったな。美味そう」

「うむ。ではいただきます」

手を合わせた神様に倣《なら》って俺も手を合わせた。こんなのは小学生の給食時以来かもしれない。

「しかしよく会うよね。君ってさ。何者？」

「それがし神様でござる」

「予想を裏切らない回答ありがとね」

神様は絵麻ちゃんの彼氏ではなかった。となると目の前のこの男は一体誰なのか。全く関わりのない赤の他人とこうも遭遇するだろうか。誰かに見られているような視線を感じる事も相変わらず続いているが、それと結び付けるほど神様が巧みに人を欺《ぎ》瞞《まん》するような男にも見えないし。

「崇司よ。分けてやるからしてその熱視線を外してくれ」

「ありがとう。でもいらないから。マヨネーズは全然いらないから」

「遠慮するでない」

「遠慮してない。君が店に遠慮するべきだよ。また勝手に持ち込んだマヨネーズをそんなにかけちゃって」

神様が味噌マヨ煮込みうどんを美味しそうに頬張れば頬張るほど俺の食欲が低下していく。やっぱりたぬきにするべきだった。

「ところでさ。君が持ってた貯金箱のウサギ。あれって流行ってるの？」

これか、と神様がどこからか取り出した貯金箱をテーブルの上に乗せる。絵麻ちゃんが持っていたハンカチに刺繍されていたものと同じウサギが、結ちゃんが沢山のおかずを詰めてくれたタッパーにも描かれていた。

「これはお嬢の物ゆえ知らぬ。それより崇司。食が進んでおらぬようだがいかがした」

半分を食べたところでマヨネーズを追加している神様に「お前のせいだよ」と胸中で呟く。

「前に話した女の子が今日、弁当を作ってくれたんだけど。これがかなり美味くてさ。俺、誰かの手作り弁当って初めて食べたから感動してね。食い過ぎた」

あまりの量に部下にも分けてやろうかとも考えたが、やめた。ただの友人である結ちゃんとの噂に自ら火を付けるわけにはいかないし、何よりあの感動を一つ残らず腹に収めたかった。

「彼女もおらぬ独り身のおぬしとあらば、そうであろうな」

「言ってくれるね。その通りだから反論できないけど」

信也といい神様といい、イケメンってのは少々意地の悪い生き物かもしれない。

「しかし、小童《こわっぱ》時代に母の握り飯くらい食うたであろう。崇司は親がおらぬのか？」

「両親揃って健在だよ。確かに母親が握ったおにぎりくらい食べた事があるかもしれないけど。記憶に無いな」

「料理が出来ぬのか？」

「うーん。というか、家にいなかったね。いつも。両親共に経営者で仕事一筋。正月や盆ですら家に帰ってこないような人達なんだ。飯も近所のお惣菜《そうざい》で、運動会や遠足なんかの弁当も仕出し屋のだった。美味かったけどね」

「ほぉ。ネグレクトでござるか」

「そうでもないよ。両親が稼いだ分、恩恵には十分あやかっていたからね」

幼少期には手作り弁当が羨ましくて密かに憧れたりもしていたが、物心がつく頃にはプロが作る弁当の美味さに満足していて、周囲から羨ましがられたりもしていた。

「今思えばよくグレなかったなと思うレベルの放置だったのは間違いないけどな。でもガキなりに親は大変なんだってのは感じてたし」

複数の社員とその生活を抱えた会社を維持するのに、親が必死になっていたのは子供心に何となくだが分かっていた。

「物分かりが良かったのだな」

「考える時間はいくらでもあったからね」

どうして家に親はいないのか。見捨てられていると思うのが怖くて自分なりに想像を膨らましていた。多忙な親を理解することでしか寂しい自分を守れなかった。

「基本ぼっちで暇だった。家では大抵《たいてい》ゲームをするか、ぼーっと考え事をしていたよ」

「勉強するという考えには至らなかったのか？」

「残念ながら至らなかったね」

「そうであろうな。賢そうな顔には見えぬからして」

「うるさいよ」

成績は伸びないのに一人で過ごす術《すべ》と身長ばかりが無駄に伸びていた。

実の親とですらまともに会話もできなかった俺が周囲とうまくコミュニケーションをとれるわけもなく、ただでさえ孤立しているのに威圧的な高身長を兼ね備えた俺に近寄る勇敢なクラスメイトもいなかった。

「大人になるまで当たり前のようにぼっちだったけどさ、社会に出るとそうもいかないだろ。最初はこれも仕事だと割り切って他人と接してたよ。でも、ずっとぼっちだった反動かな。今じゃ人と関わるのが楽しくてしょうがないんだ」

どう接していいのか分からなくなっていた両親との関係も次第に変わりはじめ、今では無料通話アプリでスタンプを送信し合い、互いに趣向を凝らしたスタンプ選びに余念がない。相変わらずのワーカホリックっぷりだが元気そうで何よりだ。

「……って、またお喋りが過ぎたな。ごめんね」

こんな事は今まで誰にも話したことがないのだが、どういう訳かこの自称神様の前ではお喋りになってしまう。

「崇司は世界中の人間と友達になる気か」

「いいねー。友達になるのに年齢の壁も超えたからな。今度は国境の壁も超えるか」

「一人の女子より世界中の女か」

「無類の女好きみたいに聞こえちゃう言い方はやめようね。男友達もいるからね俺」

「早う食わねば麺《めん》が伸びてしまうぞ。どれ。そんなに食欲が無くばそれがしが食うてやるでござる」

「食べるって。食べるから俺のうどんにマヨネーズビームの照準合わすのやめような」

侍で、マヨネーズで、神様。今まで出会ってきた人達は決して少なくはない。その中でも唯一無二の個性を放つこの男との関わりは、奇妙な偶然の重なりでありながらもどこか楽しく、それでいてどこかホッとできるから不思議だ。

◆

営業先からの帰りに立ち寄った、閉店間際の店内には男が一人いるだけだった。

「中神なら帰りましたよ」

まだちらほらと客がいる花屋「君に花束を」で、申し訳なさそうでも迷惑そうでもなく淡々と話す大黒さん。

「そっか。弁当箱を返せたらと思って来てみたんだけど」

「それなら僕が預かりましょうか。明日は休みなんで、明後日で良ければ返しておきますけど」

「ありがとう。でもいいんだ。自分で返すよ」

結ちゃんとは明日、仕事終わりに会う約束をしているからその時に返せばいい。ただ、一日でも早く直接本人に会って美味しかった感動を伝えたいと、つい気持ちが先走った。

「あの」

礼を言って踵を返すとすぐさま大黒さんに呼び止められる。振り返ると彼は真後ろに立っていた。足音も聞こえず全く気が付かなかった俺は危うく声を上げるところだった。

「もしかしたら、ですけど。まだ近くにいるかもしれません」

「もしかしたら？」

「今日は残業してもらってて、店を出たのがつい十分くらい前なんで」

それだけ言うと客に呼ばれた大黒さんは軽く頭を下げて離れていった。店内の女性客の目はきれいな花を見たりイケメンな大黒さんを見たりで楽しそうだ。一体どっちで目の保養をしているのやら。

出来ることなら結ちゃんを追いかけて送ってあげたいところだが、会社へ戻る途中である俺は諦めて近くのパーキングにとめていた営業車に乗り込んだ。シートベルトを締めてエンジンをかけたその時。

「……」

視線を感じた俺は窓から外を窺った。周りに人は見当たらないのに、俺を見ている何者かの気配がする。あまり気にしないようにしているが流石に気味が悪いなと舌打ちしながらハンドルを握り、ルームミラーを覗いた時、後方の物陰で何かが動いたのが見えた。

人だ。そう直感した俺はすぐさまエンジンを切ると車を降り、目撃した辺りを確認した。しかし誰もいなかった。

「気のせいか……」

野良猫でも通ったのかもしれない。敏感になり過ぎて過剰に反応してしまったか。

「……確かめてみるか」

呟いた俺はそのままパーキングを出て人通りの少ない歩道を歩きだした。振り向くことなく神経を後方に研ぎ澄ましていると、後ろから何者かが後を追ってくる気配がする。

これは気のせいなどではないな。やはり俺は誰かに見られている。一体誰が。目的は何だ。金も、恨まれるような覚えも持ってはいないが。

こうなったら、やってみるか。

数メートル先に自販機があるのを見つけた俺は決意を固めた。

正体を突き止めてやる。

後ろを振り向かないように気をつけながら自販機の前で立ち止まり、ボトル缶のコーヒーを買って一口飲んだ。相手はどんな奴か分かったものではない。凶暴性や凶器を持ち合わせている可能性もある。対して俺は図体がデカいだけで武器も武術も何も持たない丸腰だ。慎重にいかねばと心を落ち着かせる。

再び歩き出したところで適当な脇道に入った。ビルの隙間にできた狭い通路を歩く者は他に誰もいない。照明もなく月明かりだけが辺りをうっすらと浮かび上がらせている。中程まで進んだ俺は適当な場所に身を隠した。暫くすると人影がひとつ通路に入って来た。辺りをキョロキョロ窺っている様子は明らかに怪しい。

「こんばんは」

いざとなれば防犯ブザー並みの大声を出してやる。意を決して、手前まで近づいてきた相手にひょっこりと顔を出した。そこには帽子を深々と被った細身の人物がいた。顔は確認できない。デニムを穿いている姿から脳裏に神様が過《よぎ》ったが、この暗さでは性別も定かではない。

「もしかして誰かを探してるのかな？」

すると帽子の人物は踵を返して走り出した。逃げるのか。大通りまで走って人込みの中に紛れるつもりだろうがそうはいくか。俺は追いかけながら飲みかけのコーヒーの蓋を外し、逃げる背中目掛けてぶん投げた。

「ふにっ！」

缶は狙い通りに背中に当たると足元に転がり、それを踏んだらしい相手が不気味な悲鳴を上げて転倒する。すかさず服を摑むとそのまま引きずるようにして通路を出た。街灯に照らされたその姿は若い女性のようだ。白いニットのカーディガンがコーヒーで汚れている。

「手荒な真似して悪かったね。君、俺の事つけてたでしょ。顔を見せてくれるかな」

抵抗する非力な腕を払って帽子を取ると、パサリと長い髪が垂れた。そして露わになったその顔に俺は思わず息を飲んだ。

「……結ちゃん」

「………………」

その場にへたり込んだのは紛れもない結ちゃんだった。固まった顔で辛うじて開いた口から「すみません」と、消え入りそうな声を絞り出している。

「どうして結ちゃんが……？」

取り敢えず怪我のない様子にほっとしつつ、目線を合わせようと俺もその場にかがみ込んだ。

「あ、あの。忘れものを……。会社に、ですね。忘れ物をして取りに行きまして……。

そ、そうしたら祟司さんをお見掛けして……つ、つい……」

「それならそうと、声をかけてくれれば――」

「すみません。も、もうしません……」

手にしたままだった帽子に気が付き、俯いている結ちゃんの手元に返した。ぎゅっと帽子を握りしめたまま動こうとしない彼女の姿に、後を引くような違和感を覚えた俺はさっきまでの彼女の姿を振り返る。長い髪を帽子の中に隠し、顔も隠すように深く被っていたあの姿は変装といっても過言じゃない。あの状態ですれ違っても俺はきっと気付かずに通り過ぎてしまうだろう。結ちゃんは隠れて俺の後をつけてきたんじゃないだろうか。端から正体を明かす気はなかったんじゃないだろうか。

「……変な事聞くけど。もしかして、これが初めてじゃなかったりする？」

見えない相手に見られる経験は、これが初めてではない。

結びつけたくはないが、見られているような視線が気になりだした時期が結ちゃんと出会った頃と重なっている。俺の思い違いであってほしいという願いもむなしく結ちゃんは項垂《うなだ》れるように頷いた。

「すみません……」

「……隠れて見てたのか。俺の事？」

「すみません……」

友達だと思っていた子がストーカー？　嘘だろ……？

「どうして俺なんかをつける必要がある。目的は？」

「もく、てき……？」

言いよどむというよりは、言葉の理解が出来ていない様子で繰り返す。

「俺といるといつもつまらなさそうにしてるから不思議だったんだ。そうやって陰で俺を揶揄って楽しんでたの？」

「ち、ちが――」

「やっぱり君は変わってる。友達にはなれそうにないよ」

首を横に振る彼女を見下ろす俺はひどく動揺していた。言葉に刺々しさが増していくのが分かる。

「君とはもう、金輪際《こんりんざい》会わない……」

自分にブレーキをかけるように額を手で押さえた。今まで誰かに対してこれ程までに冷淡に接した記憶はない。夜道に女の子を一人残して帰ったのも初めての事だった。

◆

「仕事してたいなぁ」

「部長はいつからワーカホリックになったんですか？」

定められた時刻である午後六時に会社を出た。年に二回のノー残業デーである今日は、本社でも支社でも誰であっても強制的にこの時間で帰宅を余儀なくされる。大黒さんとデートだという絵麻ちゃんと別れて一人寂しく帰路に着いた。

誰かを誘う気分にはなれなかった。誘ったところで皆、時間内に仕事を終わらせようと激務に励んで疲弊《ひへい》しているか、年に二回のチャンスに予定を組んでいるかしていて誰も来ないだろう。俺だってそうだった。今日は早くも始まった駅前のクリスマスイルミネーションを結ちゃんと見に行く予定でいた。

昨夜は柄にもなく感情的になってしまった。それも、十も年下の女の子に。あれは大人げなかったなと今になって思うのだが、かと言ってストーカーとこのまま友達でい続けられるほど俺は粋狂《すいきょう》ではない。ただ、あの後無事に帰れただろうかという心配と、言い過ぎたかもしれないという後悔だけがいつまでも後味悪く残っていた。こんな日は仕事にでも没頭して一時でも現実逃避を図りたい気分だが、こんな日に限って残業禁止。仕事をさせろと上に文句を言うわけにもいかず、情けなくて信也にも話せない。

当てもなく歩く俺の頭には一人の男が浮かんでいた。そして、ふと目に入った一軒のお好み焼き屋にふらりと立ち寄る。

「崇司ではないか。二日ぶりでござるな」

入り口から近い座敷席に座っている神様と目が合う。彼はテーブルにはめ込まれた鉄板の上でじうじう焼いているお好み焼きにソースを塗っていた。

何となくここにいるような気がしたのだが、まさか本当にいるとは。

「相席いいかな」

「水臭い事を言うでない」

ソースの焦げた香ばしい匂いに包まれた鉄板を挟むかたちで向かいに座ると、神様は至福に満ちた表情でお好み焼きにマヨネーズをかける。ここなら堂々とかけ放題だもんな。……いや、それはやっぱかけ過ぎだろ。注文を取りに来た店員から笑顔が消える。

「では。いただきます」

「そういえば君って、いつも同じ服装してるんだね」

はふはふと湯気を吹きながら頑張っている神様の出で立ちは白いトップスにデニム。毎回会う度にその恰好《かっこう》をしているから、昔見ていた漫画やアニメで毎回同じ服を着ている登場人物を思い出した。

「うむ。似合うであろう。洗濯ならばしておるぞ」

漫画やアニメなら間違いなく主人公級の容姿だが、その時代錯誤な口調とマヨネーズはどうにも脇役感が強い。

「して。今日はデートに行かぬのか」

「あれ。そんな話、前にしたっけ？」

「今日はデートだったと顔に書いてあるではないか」

「俺どんな顔してんの一体」

なんて言いつつ。きっと俺は聞いて欲しそうな顔をしていたんだろうな。

「デートとは違うけど。本当は今日、会う約束をしていたんだ。でも昨日……ケンカしちゃってね」

一度はストーカーの犯人ではないかと疑いもした神様にはけ口を求めるなんて身勝手なのは承知だ。しかし何故だか求める先にいつもこの神様はいる。

「仲直りすればよいではないか」

「……難しいかな、それは」

「親とも会えず友達も作れぬまま大人になったおぬしがケンカ。どうせ仲直りの仕方も知らぬのであろう」

確かに神様の言う通りではある。

「素直になればよいのだ。容易《たやす》かろう」

「簡単に言ってくれるね。でも、そうじゃないんだ」

俺は、結ちゃんと仲直りをしたいわけではない。

「もう無理なんだ。あの子とは」

俺は人が好きだ。だから沢山の人達と積極的に出会ってきた。しかし俺も性格や価値観など個を持った人だから当然反りの合わない人とも出会う。

「まるで理解ができない。合わないんだと思う」

そういった人にはこっちから合わせようとしていた時期もあった。しかしそれは結局相手にも無理をさせる事になる。

「単純に言えば意思の疎通が難しいんだ。彼女は口下手《くちべた》で、決して無口とかではないんだけど言葉が足りなくて何を考えているのかよくわからない。それに対して俺は応用力が足りずに話を上手《うま》く引き出してあげる事が出来ない。何度会ったところで距離は一向に縮まらない」

寧ろ友達になった事で他人よりも遠くなったかもしれない。二人でいても会話は続かず、互いに何一つ理解し合えなかった俺達は、赤の他人と同様に何一つ通ってはいなかったのだから。向かい合っていても常にすれ違っているように感じていた。

「物静かな女子よりも口うるさい女子がタイプとな？」

「タイプとかは関係ないけど、感情は出してくれた方がいいな。態度や仕草からある程度相手の心中を忖度《そんたく》したところで、それはあくまで自分の推察でしかないわけだから誤解も生じるしさ」

ただでさえ女心ってのは男の俺には分からない。

「会う事を望んでくれていたから俺の事が嫌いってわけではないとは思うんだ。でも彼女からは、俺に何かを伝えようとする意思が全く感じられない」

会っている時は俯いてばかりいたのに、陰ではずっと俺を覗き見ていた。

「だからどう受け止めてあげればいいのか分からなかったんだ」

『陰で俺を揶揄って楽しんでいた』結ちゃんはそんな人間じゃない。冷静な頭でいたら分かった事だ。腹だけでなく心までも満たしてくれた、あの弁当がそれを証明している。

「あぁ。俺、何であんな事言っちゃったんだろうね？」

「それがしに聞くでない」

注文していた具材が届くと店員が目の前でお好み焼きを焼き始めた。慣れた手つきでコテを操る店員の素早くかつ丁寧な仕事に思わず目を瞠《みは》る。

「お兄さん上手《じょうず》だね」

「へへ。任せといてください。オレ、バイトですけど場数は踏んでるんで腕には自信ありますよ」

「それは楽しみだな」

「絶対に美味いですよ。オレ、食べる人の喜ぶ顔が見たいって思いでやってますから」

鉄板の上であっという間に形作ったお好み焼きに蓋をして「後二分で出来上がりです」と砂時計を置いた店員は屈託無い笑顔で去って行った。自分の分を食べ終えて明らかにお代わりを狙っている神様と、砂時計の砂が全て下に落ち切るその時を待つ。

「うむ。二分経ったぞ崇司。蓋を開けるでござる」

「これ俺のだからね。そのマヨネーズはしまってね」

蓋を開けるとふっくら膨らんだ生地に思わず喉が鳴る。マヨネーズを握りしめて目を輝かせている神様に仕方なく半分分けてやった。

「いただきます」

　熱々のうちに齧り付く。ソースの香りが鼻を抜けるなかで、ふわふわと口いっぱいに広がったキャベツの甘味と魚介のうま味が最後には一つになってとけていく。

「美味いな。あのお兄さんが言ったとおりだね」

「うむ。人の思いとは目には見えぬとも、こうしてカタチになるでござる」

　思いはカタチになる。神様の言葉が俺の脳裏に一匹のウサギを呼び寄せた。

「……あの弁当。今まで食べてきたどんな弁当よりも一番美味かった。彼女は、どんな思いで作ってたんだろうな」

　喜ぶ顔が見たい。さっきの店員はそう言っていた。

「食べるおぬしを想像していたのであろうな」

　手の込んだ料理を。あんなにも沢山詰め込んで。

「嬉しかった。ものすごく。作ってくれた本人に直接伝えられないのが残念だよ」

「伝えればよかろう。それにて仲直り一件落着にござる」

「それは、どうかな。俺はもう……。気付いてるから」

　他の誰にも言えず、自分にすら隠していた正直な気持ちを何故か神様に打ち明けた事で自分自身と向き合えた俺は、今はっきりと気付いてしまった。結ちゃんへの気持ちに。

「今まで出会った事のないタイプの彼女とは、兎に角接しづらかったよ。手探りな状態が続いて、でも結局正解が分からず仕舞いだった」

俺がリードしなければ。そんな使命感が先走っていた。

「焦ってたんだな、俺。彼女は、彼女なりにきっと俺と向き合おうとしてくれてたんだ。それに気付いてあげられなかった」

口いっぱいに頬張る神様の目が真っすぐに俺を見上げる。

「所詮おぬしらは人と人。上も下もないでござる」

「……そうだね。同じなんだ、俺達は。目線を合わせていればきっと見えたかもしれない」

子供の頃一度だけ両親に「旅行に行きたい」と我儘《わがまま》を言った事がある。俺にしてみたらそれは思い切った行動だった。しかし「どこに行きたいのか」「何をしたいのか」珍しく耳を傾けた両親に対して俺は何も言えなかった。行きたい場所もやりたい事も特にはなかったのだ。ただ、両親と一緒にいたかった。でも、それがどうしても言えずに、旅行の話はなくなってしまった。

俺に声をかけてくれた結ちゃんも、あの頃の俺と同じなのではないだろうか。目的を問われて答えられなかった昨夜の彼女は、あの時の俺だったんだ。

「どうしていいか分からないのに気持ちは惹《ひ》かれていく自分に焦っていたんだ。前言撤回する。俺は彼女の事が好きだ」

思いは複雑だったが、柄にもなく感情的になってしまった理由は単純だった。

「気付いてしまったからには、もう友達には戻れない」

彼女の態度に戸惑うばかりだった俺は、彼女の気持ちも、薄々気づいていた自分の気持ちさえも見過ごしていた。神谷さんの時から全く成長してねぇな。信也の叱咤が聞こえてきそうだ。全くもってその通りだから情けない話だ。

このままじゃ終われないな。

「……ありがとな。君のお陰で決心がついた。俺、行くよ」

「そんなに礼がしたいと申すなら、もう一枚食うてやってもよいぞ」

「好きなの注文していいよ」

伝票に代金を挟み込んで席を立った。

「あ。君のいいあだ名が浮かんだよ。マヨ侍ってのはどうかな？」

「それがし神様でござる」

んだ。

「気に入らなかったみたいだね。残念」

メニューを広げた神様に背を向けて店を出る。俺の足はそのまま迷わず前に突き進
はずだったのだが。視界に一人の女の子が入り思わず足が止まった。飲食街を行き交う人々の波間で一人彷徨《さまよ》っている彼女は、一枚のチラシを手にして何処かを探している様子だったが、二人組の男達にゆくてを阻《はば》まれ護身術であるらしい変顔を繰り出した。間違いなくナンパに捕まっている。

俺は急いで間に割り込むと、目を丸くした彼女の腕を掴んでその場を離れた。男達が追ってくる気配はなく、暫く進んだ先で手を放した。

「ごめんね引っ張ったりして。大丈夫?」

抵抗する素振りもなくここまでついて来た彼女だったが、顔を覗き込んだ途端に表情を引き攣《つ》らせると「すいません!」と叫んで逃げ出した。

「え。ま、待って結ちゃん!」

飲食街を抜けて人通りの少なくなった通りを猪突猛進に逃げていく結ちゃん。俺は慌てて後を追いかけた。

「待って。頼む止まって。足早っ!」

兎に角真っすぐに猛烈な勢いで走っていく結ちゃんになかなか追いつけない。声が届く距離を維持するのが精一杯だが、上がる息に声が出なくなるのも時間の問題だ。

「何で逃げるの？」

「すみません！　ごめんなさい！　もう会わないようにと心掛けていたのに、どうしてこんな事に！」

　金輪際会わない。そう言ったのは俺だ。

「ごめん。謝るの、俺の方だから。はぁ、はぁ、話聞いて」

「け、決して後をつけていたわけではないのです！　誤解です！」

「ちょっ。はぁ、はぁ。取り敢えず止まってくれない？」

「今までごめんなさい！　迷惑かけてすみません！　反省しております！」

「怒ってないって。さっきのも偶然だってわかってるって」

　俺ってそんなに怖いのか。謝りながら必死になって逃げている結ちゃんの耳には俺の声は届いていないらしい。こうなれば、と息を大きく吸い込んだ。

「このまま逃げられても俺、結ちゃんに会いに行くところだったから。どこまでも追いかけるよ！」

　息を振り絞って叫んだ。言葉を選んでいる余裕などなかった。これじゃどっちがストーカーだか分かったもんじゃないな。驚いた通行人が振り返っていくなか立ち止まった俺は息苦しさに顔を歪め、手を膝についた。

相手は女性とはいえやはり若さには勝てず追い付く事は出来なかった。しかし、息を整えながら顔を上げると、数メートル先で結ちゃんは止まっていた。渾身《こんしん》の声は届いたようだ。また逃げられやしないかと内心冷や冷やしながら歩み寄る。結ちゃんは戸惑いの表情を浮かべながらも待ってくれていた。

「……それは？」

同じく息が上がっている様子の結ちゃんが握りしめているチラシを指す。

「あの。……ぽ、ポコ侍を、探しておりまして……」

「ポコ侍って。確か、ペットの？」

俯いたままこくりと頷いた彼女に、どうかしたのかと問いかける。

「家に帰ったらいなくて、ですね。は、放し飼いなのでいつもの事なのですが。……これが部屋にありまして。この店にいるのかなと、来てみた次第で……」

創業祭　豚玉一枚五百円。そうデカデカと書かれたチラシをよく見ると、それはさっきまで神様と一緒にいた店のものだった。

「何分食いしん坊な方でして……」

放し飼いの狸が豚玉求めて外出？　ツッコミどころが満載なのだが冗談を言っているようにも見えず、何だかおかしくなって吹き出してしまった。

「まったくポコ侍は欲深いなぁ。料理上手な飼い主がいるっていうのに」

それって私の事ですか？　顔を上げた結ちゃんの目がそう俺に問いかけている。

「弁当ありがとう。すごく美味しかった。ちゃんとお礼が言いたかったんだ」

「それを、言うために。私に、会いに……？」

「うん。それと、昨日の事を謝りたくてね。言い過ぎたよ。すまない。あれは取り消させてほしい」

俺の言葉にその表情は少し明るくなった。

「で、では！　また、私とお友達になってくださるんですか？」

「ごめん。それはできない」

「……がびーん」

開いたまま塞《ふさ》がらないらしい口から心の声を漏らし、混乱している様子のところ悪いんだけど。

「君の事が好きなんだ。だからもう、友達にはなれない」

高い頭を精一杯下げ、手を差し出す。

「俺の、彼女になってもらえませんか」

「…………」

偶然出会う、名前も知らない奇妙な神様と飯を食っていた俺が驚くほど素直になれていた理由は分からないが、神様の言う「人と人」の中に答えの一つがある様に思う。同じ星にいるのに別世界の住人みたいにまるで意図が掴めない。そんな宇宙人彼女結ちゃんの事をもっと知りたいと踏み出す勇気を持てた理由もそうだ。

恐る恐る伸びた彼女の手が、俺の手にそっと触れた。

「……よ、よろ。よろ。よろしくお願い、致しますっ！」

顔を上げた先に、内面からあふれるような笑顔が待っていた。俺も嬉しさに込み上げた笑みを零す。この先、今の気持ちを忘れないでおこうと思う。これが、彼女と向かい合っていけるという何よりの自信になるはずだ。

神様の言うとおりだな。素直になればよかったんだ。別世界にいようが年の差があろうが関係ない。俺達は、こうして笑顔を交わすだけで気持ちを伝え合える人と人なんだ。

約束していたイルミネーションを二人で見た帰り道。結ちゃんを家まで送っていた途中で、一匹の狸が路上に倒れているのを発見した。

このままでは車にひかれてしまう。抱き上げると、ぽっこりと腹の膨れた小柄の狸は気持ちよさそうに寝息を立てていた。

「まだ子供だね。珍しいな。どこから来たんだろう」

「……わ、私の家から、ですね」

困惑している様子は冗談を言っているようには見えない。

「……それって、まさか」

「ご紹介します。ポコ侍です」

「え？　これ？　えぇ⁉」

こうして結ちゃんのペットと対面を果たし、翌日からは家に招かれて手料理をご馳走になるようになった。

相変わらず夜は食べない結ちゃんの代わりに俺と食卓を囲むのはポコ侍。小さな椅子にきちんと座り、器用に箸を使って食べる珍獣との飯が妙に落ち着くのは、ポコ侍がどこぞの男みたいに何にでもマヨネーズをかけるせいだろうな。

◆

あれからどこの店に入っても神様と遭遇する事はなくなった。

最後に会った日から一週間。結ちゃんの部屋ですっかり俺に懐いたポコ侍にアイスクリーム（マヨ付き）を与えながら「ポコ侍が擬人化したような男がいたんだ」と神様の事を話した。

「……そうなんですか。それは、知りませんでした」

何故かポコ侍を睨む結ちゃん。

「あの。崇司さんは……そのマヨ男にまた、会いたいですか？」

「そうだね。また会えたら何かご馳走したいな」

「で、では！　どうぞっ！」

結ちゃんはそういうと何故かポコ侍の頭に一枚の葉っぱを乗せた。

「いやいやいや。ポコは化けないからね」

「誰がヘッポコだ。それがし神様でござる」

「………‼」

「ではご馳走になるでござ――痛っ。何をする！」

俺の膝でアイスを食べていたはずのポコ侍が一瞬のうちに消え、代わりに見覚えのある男が俺の膝に乗っていた。思わず膝の上の神様を突き飛ばし、放心状態でいる俺に向かって結ちゃんはポコ侍との出会いの経緯を話しだす。

「と、いうわけで、ですね。神様は、このポコ侍なのです」

冗談を言っているようには見えなかった。「ヘッポコではない」と、不満顔の神様が俺の手からアイスクリームを奪って再び食べ始める。

「そ、そんなに喜んでいただけるとは。思い切って話してみて良かったです」

気が付けば俺は笑っていた。この状況、理解が追い付く前におかしくて仕方がない。堪らずその場で笑い転げた。その拍子に、数えきれないウサギのヌイグルミの中に置かれていた、これまた見覚えのある物にぶつかる。チャリンと軽い音を立てて転がったそれはウサギの形をした貯金箱だった。

なぁ信也。世の中にはこんなにもぶっとんで面白い神様がいるんだぞ。

信じないだろうから言わないけどさ。

公園の神様

敷かれたレールだろ。と、誰かが言った。

僕は肯定も否定もしなかった。

生まれた時からそれはあった。神が造ったという空も大地も、誰にだって生まれた時から当然のようにあるものだから「どうしてあるのか？」なんて疑問にも思わないのと同じ。そこにあったレールに乗っかる事は僕にとって空気を吸って吐くように当たり前の事。余所見もせずただ前だけを見て走っていた。他に道はないと思っていた。

ところが天地はひっくり返った。突然に上下感覚を失った世界で初めて生じた将来の選択肢。歪んでしまった世界から飛び出して他の景色を見に行く事も出来たけれど、僕はこの世界に留まった。自分の意思で。

ただ、胸を張って「自分でこの場所を選んだ」と言えないのは、あの頃の僕がどうしてこの道を選んだのか、自分でもよく分かっていないからだ。

僕は残った。初めからあった世界に。初めから敷かれていたレールに。ただその事実のみが今の僕の証明だった。

「君は花屋になりたいの？」

作業台の上に広げたノートに向かい、熱心にペンを走らせている中学生に問いかける。僕、大黒靖成がフラワーデザイナーとして働くこの花屋「君に花束を」には三名の中学生が職場体験学習に来ていた。

毎年十一月になると近所の中学生がやって来る。店の前を適当に掃除しながらお喋りに夢中になっている二名に対し、この女の子だけは何かと僕にくっ付きまわり僕の言動を逐一メモしている。「どうして花屋になったのか」という質問に「なるべくしてなった」と答えた僕の適当な言葉ですら「なるほど」と書き留めていた。

「なりたいっていうか、なります。たぶん」

「家が花屋、とか？」

「いえ。うち弁当屋です。でも私は花が好きだから、将来は絶対花に囲まれた仕事に就きたくて。花屋になった自分しか想像できないんで」

「……そうか」

「花屋になって良かった事って何ですか？」

真っ先に浮かんだのは絵麻だった。付き合って三年になる僕の彼女。

「自分が身に着けた知識や技術が人の役に立つ事」

これは散々言いまわしてきた台詞ではあるけれど、嘘じゃないから良し。

「そろそろ時間だな。外に花を出すから手伝ってください」

「あ。最後にもう一つだけ」

開店十分前。「ＯＰＥＮ」と書かれたスタンド看板を運び出す僕の後ろをピタリとマークした女の子が食い下がる。

「大黒さんは、もし花屋じゃなかったら何になってましたか？」

「……………」

それまで、どんな質問にも淡々と答えていた僕が初めて詰まった。

僕が、今の僕ではなかったら……？

ペンを片手に待ち構える女の子。そこへ他の二名が駆け寄ってくる。

「質問タイム？　私達も聞きたいでーす！」

「どうぞ」

「彼女いますか？」

「いるけど、それが何か？」

「もしかして、それってあの人ですか？」

女の子の視線の先で、先月入社したばかりの事務員、中神さんが通りかかる。

「まさか。業務に関係ない質問はナシ。そこの花を三人で外へ運んでください」

渋々花を運ぶ彼女達を背に窓を拭く僕の頭の中では、あの質問が繰り返されていた。

もし花屋じゃなかったら。

結局その質問だけは答えられなかった。

職場からバスで十五分。真新しい家が立ち並ぶ住宅街の中で時代に取り残されたように佇《たたず》んでいる古民家が僕の家だ。古色蒼然《こしょくそうぜん》たる門構えを抜けた母屋に両親と三人で暮らしている。

九年前。僕が高校生だった時に親がこの家を買い取り、隣町から引っ越してきた。決め手になったのは敷地内にある離れ。両親はそこをリフォームして念願のカフェを開いた。客層も選ばず我が家のように寛《くつろ》げると人気は上々の様子。営業時間をとっくに過ぎているのに明かりが灯っているのは明日の仕込みをしているから。いつもの事だ。風呂と飯を済ませて外へ出た時には明かりは消えていた。

向かった先は近所の公園。今年の春に父親が母屋で小火を起こした。原因はタバコの火の不始末。それを機に父親は禁煙を始め、我が家は庭も含めた全エリアでの喫煙がNGになった。お陰でわざわざこうして外出しないとタバコが吸えないわけだけど、お前も一緒に禁煙しろ、と言われないだけまだマシだった。

子供が遊ぶ最低限の遊具とスペースが確保された公園のベンチに腰掛け、タバコに火を付けた。誰もいない深夜の公園で一人煙を吐き出しながら遠い星を眺める。

「花屋じゃなかったら。かぁ……」

頭の片隅にしつこく残り続けている中学生の質問。もし、僕が花とは関係のない全く別の職種に就いていたら、きっと僕の人生に絵麻はいなかった。

絵麻との出会いは三年前。とある会社から新規の発注を受けたのが始まりだった。配達に出たパートが商品を取り違えるというミスを犯し、僕が謝罪に出向いた際に対応したのが絵麻だった。出来る限りのお詫《わ》びをして容赦してもらい、また商品も気に入ってもらえたようで定期契約を結んでもらえたのだが、誠心誠意で謝罪する僕と、それを寛容に受け入れる絵麻。互いに好印象を持った僕らもまた交際という契約を結んだわけで。

絵麻と出会っていない人生なんて考えられない。だから、あの質問の答えも——

「あたいにも一本おくれよ！」

突然、背後から掛けられた女性の声に我に返る。公園は貸し切り状態のはずだったのに、考え事をしていた間に誰か来ていたらしい。

「……」

しかし振り返ると、そこには誰もいなかった。確かに声は聞こえたんだけど。何だか活きのよさそうな女の子の声が。

気のせいか。こんな時間にそんな子がいるわけない。連日の残業で幻聴が聞こえるほど疲れてるのかな。

「ねぇ、あんた。聞いてんのかい？」

うわ。まただ。これはヤバイかもしれない。今日はもう寝るかと携帯灰皿にタバコの火を押し付け退散しようとした、その時。

「……？」

座っていたベンチの背の上に立つ、一匹のリスと目が合った。

「あたいにも一本おくれ。って何度も言わせるんじゃないよ、このとうへんぼく！」

リスが、喋った。

そんなわけがない。その場にかがみ込んでベンチの下を確認する。でも誰もいない。良かった。こんなところに女の子がいたら流石に悲鳴を上げるところだ。

「なんだい。あたいの声が聞こえないってのかい？」

いいや。良くない。他に人が隠れる場所は無い。今この公園には僕しかいない。そう。人間は僕しか。他にはこの、両前足を「くれ」のかたちで差し出しているリスしかいない。なのに僕以外の人間の声が聞こえる。何だこれは。状況がまるで分からない。

「……吸うの？」

あり得ないとは分かっていても、真っすぐにこちらを見上げる視線に根負けしてリスに問いかけてみる。

「だからおくれって言ってんだろう。早くしておくれよ。手が疲れちまうよ」

どう見てもリスが喋っているようにしか見えない。首を傾げながら手を伸ばして摑んでみると「きゅぇっ！」と小さな悲鳴を上げた。

「あ。ごめん。幻覚かと思った」

震えているリスは間違いなく実体で、手に残る温かい毛並みの触感は間違いなく生物。ピンと立った耳と尻尾の毛がフサフサしていて腹部が白い。これはエゾリスだ。絵麻と旅行した北海道で見たのを覚えている。あの時見たエゾリスは確か二十五センチ前後の体長があったと思うけれど、目の前のエゾリスはまだ成獣じゃないのか少し小さい。

「急に摑んだりするんじゃないよ。絞め殺されるかと思ったじゃないかこのすっとこどっこい！」

目にうっすらと涙を滲《にじ》ませている。どうやら怖がらせてしまったらしい。それでも両手を出し続け、タバコを根強く要求してくる喋るエゾリス。本当に吸う気なのか？　べつに一本くらいあげるのはいいけれど、それって動物虐待にならないか？　迷いながらパーカーのポケットに突っ込んだ手が何かに触れる。温かいそれは近くの自動販売機で買っておいた缶コーヒーだった。

「……ごめん。タバコ切れたみたいだ。代わりにコレあげるから」

というのは嘘だけど。やっぱり動物にタバコはよくないと判断して缶コーヒーを差し出した。動物にコーヒーをあげてもいいのかは不明だが、タバコよりはいいだろう。

「なんだいそりゃ」

北海道で見たエゾリスは可愛かったけど、舌打ちをするこのエゾリスは全然可愛くない。

「でも。くれるってんなら貰っとくよ」

「まだ熱いから、気を付けて」

蓋を開けた缶コーヒーをベンチの上に置いた。エゾリスは興味深そうに鼻を近づける。

「コーヒー知らないのか?」

「豆から作るっていうアレだろう。そのくらい知ってるさ。バカにするんじゃないよ」

エゾリスは両前足で抱えるようにした缶を少しだけ傾けると啜《すす》るようにコーヒーを一口飲んだ。

「うへ。苦いじゃないのさ。なんだいこりゃ！」

「知ってるんじゃなかったの？」

「飲むのは初めてなんだよ。飲み物ってのはね、ちゃちゃっと淹れてさっと飲むのが粋なんだ。こんなのは飲み物じゃないよ」

やっぱり動物にブラックは無理か。

「でも一度貰った物を返すわけにはいかないね」

律儀《りちぎ》なエゾリスは顔を顰《しか》めながら再びコーヒーを啜る。

「無理しないでいいよ」

「無理なんて事はないさ。あたいを誰だと思ってんだい」

エゾリスだろ。

「ところであんた。こんな時間に誰かと待ち合わせかい？」

「……いや。もう帰る」

用も済んだし、この喋る奇妙なエゾリスともこれ以上関わりたくはない。するとエゾリスは徐《おもむろ》に顔を上げて空を仰いだ。

「きれいなお月さんだねぇ」

「……」

つられて僕も顔を上げる。上空は雲に覆われ、星の一つも輝いてはいない。

「月、出てないんだけど……？」

視線を戻した先にエゾリスはいなかった。辺りを見回してもどこにもいない。缶コーヒーも見当たらない。

消えた？　何だったんだろう、あれは。

◆

「一雨来そうですね」

通りかかった中神さんが空を見上げて呟いた。どんよりと重たい空気を纏った空は今にも雨粒を落としそうだ。店先に傘立てを出し、店を開けて間もなく静かに雨は降り出した。

雨の日は客足が遠のく。パートが休憩に出た正午。店内で一人雑務をこなしていたところに一人の客がやって来た。遠目からでも目立つ派手な傘を差して来たその女性は近所にお住いの常連だ。

「いらっしゃいませ」

「大黒さん、今お一人？」

店内を見回しながら真っすぐ僕に歩み寄る。

「残念だったわね」

他に誰もいない事を確認してから、そう言って肩を落とした。意味が分からず首を傾げて見せると「いいのよ。知ってるんだから」と一人頷いている。

「まさか、中神さんが他の男に乗り換えるなんて」

乗り換え？

「街で偶然見かけたの。声を掛けたら隣に背の高い男がいるじゃない。どちら様？って伺ったら堂々と『中神さんの彼氏です』って。驚いちゃったわよ」

「そうですか」

大体話は読めた。背の高い……。いつか配達のついでに頼まれて弁当届けた人だな。確か崇司さんっていう。やっぱりそういう関係だったか。

「中神さんも見る目が無いわね。大黒さんの方が断然いい男なのに。あまり気を落とさないで。それ、綺麗ねぇ。頂いていこうかしら」

そばにあったブーケを一つ購入して常連客は帰っていき、今度は入れ替わる様に噂をすればの中神さんが二階の事務所から下りて来る。

「お疲れ様です。あの、昨日分の伝票を貰いに来ました」

「そこの引き出しに入ってるから持って行ってください。……それと中神さん」

「はい」

「彼氏は。崇司さんは元気ですか？」

引き出しから伝票を出した中神さんの顔がみるみる赤くなっていく。

「……業務に関係ない質問してわるかった。伝票破かないでください」

震える手で二つに裂いた伝票を見下ろした中神さんが悲鳴を上げる。僕が中神さんに振られたみたいになっている事は言わないでおこう。

僕にとって中神さんはただの事務員じゃない。彼女は絵麻の妹だ。絵麻は八つ年下のこの妹を何かと気にかけ可愛がっている。そして崇司さんというのは絵麻の上司。つまり姉妹は互いの職場の上司と付き合っている事になるわけだけど。実のところ僕は中神さんではなくて中神さんの姉、絵麻に振られたみたいになっている。

僕は先月、絵麻にプロポーズをして断られた。僕としては満を持しての決断だったけれど受け入れてもらえなかった。それでも二人の関係が終わらなかったのは不幸中の幸いと言える。

仕事帰りに絵麻と待ち合わせて食事をした際に、中神さんと崇司さんの話題を持ち出した。知らなかったと言う絵麻はひどく驚き、動揺していた。昨日、近所の公園で喋るエゾリスに会ったよ。なんて、冗談でも話せる空気じゃなかった。変な事を言ってこれ以上嫌われたくもない。

家に帰る前にいつもの公園に立ち寄りタバコに火を付ける。雨で湿っている木製ベンチの代わりに、乾いていたブランコの座板に腰掛ける。脳裏で燻《くすぶ》り続けている絵麻の揺れ動く表情。いくら煙を吐き出してもすっきりとしない。

「隣いいかい？」

聞き覚えのある声にハッとして隣を見ると、そこにはいつの間にかエゾリスがブランコに乗っていた。

「もう座ってるんだけどね！」

「……出た」

あの喋るエゾリスだ。

「なんだいその態度は。まるでオバケでも出たみたいじゃないのさ。あたいはオバケじゃないよ」

「じゃぁ、何？」

「御覧の通りさ。あたいは神様だよ！」

　は？　神様？

「なに野暮な事を聞いてんだい。どっからどう見てもあたいは神様だろ」

　胸を張っているところ悪いけど、どこからどう見てもエゾリスだ。

「いやだね黙り込んじまって。驚いてんのかい」

「いや。そういうのはもう昨日で終わってるから」

　昨夜。こんな場所に出現したエゾリスが喋りだした時点で。

「ちょっと顔の出来がいいからってクール気取ってるんじゃないよ」

　可愛くないうえに諸々《もろもろ》面倒なエゾリスの横で、ため息交じりの煙を吐き出した。

　自称神様の喋るエゾリスと並んでブランコに乗る。濡れた土の匂いと眠るような静寂に包まれた深夜の公園で、まるで僕だけが現実からはみ出してしまったような異様な状況下のなかタバコを吸い続ける。エゾリスはあれからただ黙って、片方の鎖に捕まりながら器用に小さくブランコを漕いでいた。まるでサーカスだな。

「で。僕に何か用？」

　一本吸い終わったところで問う。

「何か用か九日十日ってね」

「答えになってないな」

「あぁ。ちょいと待っておくれよっ」

立ち上がろうとした僕を慌てて引き留める。

「悪いんだけどさ。このブランコを止めてくれないかい。漕いだはいいものの止め方が分からなくて。ちょっと酔ってきちまったよ」

エゾリスは振り子のように揺れ続けながら助けを求めてきた。

「………」

揺れる座板を止めて、ふらふらしているエゾリスを地面に降ろした。

「ありがとう。お礼に、失恋したあんたを励ましてやるからね。明日があるさ。頑張んな！」

「失恋してないし。てか、そっちが頑張って」

小さな両手で僕にガッツポーズを送っているその体は地面に倒れ込んでいた。

「嘘は築地《つきじ》の御門跡《ごもんぜき》。あんたの煙の吐き方は恋に破れた人間のそれじゃないのさ」

神の目に間違いなんてない。と、自信たっぷりに言い張るエゾリスだが、その目は残念ながら節穴だ。僕は、まだ完全に振られたわけじゃない。

「嘘じゃない。今もデートの帰り」

「本当かい？　なら何に悩んでるのさ」

「あんたに話すような悩みなんてないよ」

得体のしれないエゾリスに話せる悩みなんて悩みとは言わない。

「聞き捨てならないね。あたいが相手じゃ不満だってのかい。よし。こうなったら話を聞くまで帰らないよっ」

「お好きにどうぞ」

帰ろうとした僕の足元にエゾリスがピタリとくっついた。

「家までついてくる気？」

「あたぼうよ！」

本気で言っているようにしか見えない。これは何か言わないと帰してもらえないようだ。面倒だな。

「……はぁ。悩みって程でもないけど」

「何でも聞くよ」

諦めて腰掛けると、エゾリスは僕の目の前で仁王立ちになった。

「彼女の妹に彼氏ができた」

「あんたに直接関係のない話に興味なんかないね」

何でも聞くって言わなかったか。

「それが何だってんだい?」

聞くのか。

「……彼女は妹思いで、全く男っ気のない妹を心配してたんだ。相手は彼女が信頼している上司だし、喜ぶだろうなと思ったんだけど。どうもそんな感じじゃない」

引っかかっていることを素直に話してみる。するとエゾリスは両前足で腕組をし「そうかい」と頷いた。

「分かった! あんたの彼女はその上司ってのに気があって、あんたは今にも捨てられそうなんだね」

夜風にふわりと毛を靡《なび》かせているエゾリスの言葉のナイフがやけに鋭利。

「それはない」

そこはきっぱりと断言する。絵麻の性格上、もし他に好きな人がいるなら確実に僕と別れているから。

「心配、なんだろうな。しっかり者に見えて根は心配性だから。僕には兄弟いないし、その辺よく分からない。あんたはいるのか、兄弟は?」

「いないね」と返したエゾリスが前足を差し出してくる。その視線は僕の手元に注がれていた。気が付けば無意識に二本目のタバコに火を付けていた。

「くれって言う事なら悪いけど、これが最後。もう持ってない」

今日は本当に切らした。空になった箱をくしゃっと丸めて見せる。

「もう一本ぐらい持ってないのかい？」

「これしかない」

ポケットから出したのは絵麻と行ったカフェで貰った缶コーヒー。店のバリスタが監修した新商品らしく、発売記念に本日限定で無料配布中だと言って渡されたが、店でコーヒーを飲んだ直後だった僕はそれをポケットに仕舞い込んでいた。

「またそれかい」と、露骨な舌打ちをするエゾリス。

「昨日のより美味しいと思う。有名な珈琲店のオリジナルだし。砂糖もクリームも入ってる。いらないいなら僕が飲むけど——」

「仕方ないね。そこまで言うなら貰っとくよっ」

蓋を開けて飲もうとする僕の手から引《ひ》っ手繰《たく》るようにコーヒーを奪ったエゾリスは、両前足いっぱいに抱えた缶を傾けて飲み口にその小さい顔を埋め込んだ。

「……それ、飲めてるの？」

ごきゅん。ごきゅん。小さく喉を鳴らしていたエゾリスだったが、しばらくすると足をバタバタさせ、その内べちべちと缶を叩きだした。……あれ。もしかして顔が飲み口にはまって抜けなくなってる？　ギョッとして缶から頭を引っ張り出した。

「流石は有名店だね！」

「黙れよ」

靴から取り出したポケットテッシュでコーヒーまみれの顔をとりあえず拭いてやる。エゾリスは懲りていない様子でまだ缶を抱えていた。

「それにしても。あんたは随分と小さい事で悩むんだね。そんなもんは本人に聞きゃいい。いちいち悩むような事じゃないだろ。時間の無駄ってもんだよ」

芳醇《ほうじゅん》な香りを漂わせているエゾリスの意見はもっともなんだけど。僕は今、絵麻に対して慎重にいかなければならない立場なわけで。特に家族に関しては複雑な思いがある僕らは、互いの家族の話に深くは触れない不文律も存在している。

「見てごらんよ。きれいなお月さんだねぇ」

「出てないでしょ」

と言いつつ、つられて見上げた夜空は案の定曇っていた。月どころか星の一つも見えやしない。何処の何を見ているのかと視線を戻した先にエゾリスはいなかった。昨夜同様に自称神様はコーヒーと共に忽然と姿を消していた。

携帯灰皿にタバコを捨てて立ち上がる。僕の悩みの本質に中神さんや崇司さんは関係ないけれど、絵麻の様子が気にかかっているのは確かだ。謎の動物相手に胸の内を語ってしまった僕は正気だろうか。ちょっと不安になった。

◆

翌日の天気は一転して終日よく晴れて客入りも多かった。毎度の残業を終えると絵麻の家へ直行し、ご飯を食べて帰路に着く。コンビニでタバコを買い、いつもの公園のベンチに腰掛けた。深夜の公園は今日も貸し切りだ——

「遅いじゃないか。もうすぐ日付変わっちまうよ」

自称神様のエゾリスを除けば。

「今日も彼女とデートの帰りなのかい？」

隣に座るエゾリスに向かって適当に頷き、タバコに火を付けた。

「あたいにも一本おくれよ」

開封したばかりのタバコを咄嗟にポケットにしまったが遅かった。もう「切らした」は通用しない。

「小動物が口にしていい物じゃない」

「あたいは神様だよ！」

「見た目の事を言っている」

「何だい屁《へ》理屈だね。分かったよ。人間になればいいんだろ！」

そう言うとエゾリスは自分の尻尾を抱え込み、毛づくろいをするようにその小さな手櫛《てぐし》で毛並みを整え始めた。

「なるのか？　人間に？」

「あたりきしゃりきの車引きだよ」

「……誰？」

それは一瞬の出来事だった。さっきまで隣にいたはずのエゾリスが忽然と姿を消し、代わりに知らない女が座っている。

「あたいは神様。森の神様だよ！」

何だこの公園は。次から次へと変なのが出てきて……。あれ。その声は――

「神様か？」

あのエゾリスの？

「どうだい。どっからどう見ても人間だろ？」

「森、というのは？」

「もうなくなっちまってるけどね。今じゃビルばっかりが立ち並ぶコンクリートジャングルさ。でもね、あたいは居場所なんかなくたって神様やってるって誇りがある。それさえあればどこにだっていける。あたいが居る場所が常にあたいの居場所なのさ」

全く理解不能だが、ここまで何でもありだと何一つ理解を示そうとも思わない。

「とりあえず一言いい？」

「何でも言いなよ」

「面倒くさい」

遠慮なく率直な意見を述べた。

「キャラクターのイメージ統一を勧めるよ。漫画とかなら兎も角、現実にバラエティの豊富さは要らないんだ。ただ突っ込むのが面倒なだけだから」

長い黒髪を肩に流した自称神様は白いワンピースに紺のジャケットをはおり、ジャケットと同じ色のパンプスを履いている。どこからどう見ても清純そうな女子大生だ。

「とりあえずそのカチューシャをねじり鉢巻きに、ジャケットを法被に替えたらいいと思う」

てっきり江戸っ子気質の活発な女の子になるものだと思っていたが真逆のタイプが

現れ、ちょっと肩透かしを食らった気分だった。

「何訳の分からない事を言ってんだい。もっと素直に驚けってんだよ！」

「十分驚いてるよ」

いつの間にか落としていたタバコを拾い、携帯灰皿に捨てる。

「これで文句はないだろ」と、手を差し出す神様。人間になった神様が二十歳を超えているかどうか実に際どいけれど、中身は化け物だし、動物に与えるよりはマシか。タバコを取り出し「どうぞ」と、その手に乗せた。

「おいおい。こんな有害物はいらないよ。いつものやつをくれって言ってるんだよ」

いつもの？　押し返されたタバコを銜えて火を付ける。

「もしかして、コーヒー？」

こくりと頷く神様。

「確か。苦いとか、こんなのは飲み物じゃないとか言ってたよね」

「なんだい。週末のデートで彼女も家に連れ込めない腰抜け野郎がつべこべ言うんじゃないよ」

「実家暮らし。明日も朝から仕事。それ関係ない」

どうせ変身するなら見た目同様に口の方も清楚《せいそ》になればいいのに。

「粋でいなせなあたいにコーヒーほどぴったりな飲み物はないだろう」

「そんな急に言われても今日は持って……。あ。持ってた」

ふと思い出して鞄に手を突っ込んだ。取り出した一本の缶コーヒーに神様の瞳が輝きだす。さっきコンビニで貰ったのを忘れていた。三百円以上の購入で引けるクジの景品だ。渡すと早速蓋を開けて飲みだした。二度ある事は三度あるとは言うけど。狙ってもないのに何で僕は毎回コーヒーを持っているのか。

「ねえ。あんたの彼女ってのは、どんな女だい？」

足を組んだ神様はコーヒー片手に隣の僕の顔を覗き込んでくる。視覚と聴覚の情報が嚙《か》み合わずにもやもやとする僕は視線を地面へ落とした。

「そうだな。……バラのリース」

問われて素直に絵麻を思い浮かべ、連想したのがそれだった。立てば芍薬《しゃくやく》。座れば牡丹《ぼたん》。歩く姿は百合の花。女性を花に例えるのは昔からよくある事だ。

「分かった！　輪をかけて刺々しい女って意味だね」

「アレンジする際は取るから刺は無いよ」

絵麻の誕生日に彼女をイメージして作ったバラのリースが脳裏に浮かんでいた。二輪のバラとツルを使ったシンプルだけど品のあるリースに仕上がった。

「フラワーアレンジは見た目こそ勿論綺麗に作ってあるけど、見えないところは固いワイヤーを巻き付けたり、接着剤でくっ付けたり、ピンを刺したりして造形してる」

痛みや苦しみを人には見せないようにしている。

「そういうのを全部上手に隠してる。凛として咲き誇って見る人を和ませ安心させる。薬液で生花を加工してるから美しさは長期的に保てる。乾燥や湿気といった弱点はあるけど忍耐力は強い」

完璧だけど完璧じゃない。そんな絵麻の繊細さに僕は強く惹かれている。

「何だか難しいねぇ。もっと簡潔に言えないのかい」

「いい女」

「成程分かりやすい」

納得した様子でコーヒーを味わっている神様は、初めて飲むコーヒーに顔を顰めていたあの神様とはまるで別人だ。まぁ、実際のところ別人みたいなものだけど。

「彼女に不満はないんだね。それなら一体、彼女の何に悩んでるのさ？」

「またそれか」

「煙の吐き方を見れば分かるんだよ。そろそろ結婚、なんて考えてるんじゃないのかい？」

「…………」

まだ長いタバコを携帯灰皿に捨てた。

「プロポーズはしたのかい？」

「…………」

「何やってんだい。ほら、その抜けちまってる腰を上げて今すぐ彼女にプロポーズしてきなよっ」

勢いよく背中を叩かれた。その細い腕からは想像もできない打撃力に思わず膝から崩れ落ちる。

「思い立ったが吉日だよ！」

「僕は思い立ってないから」

「つべこべ言わずにさぁ、行くよ！」

「行かないって。もう断られてるから」

僕の腕を引っ張っていた神様の手がさっと引っ込む。

「それならそうと早く言っておくれよ。気まずいじゃないのさ」

「勝手に気まずくなるなって。失敗はしたけど、まだ終わってはないから」

プロポーズは断られたけど、恋人として付き合いは継続中だ。

「どうして断られちまったんだい？」

「さあ」

こっちが聞きたい。

「あんたとなら子供の容姿も期待出来そうなのに。他に不安な事でもあるのかねぇ」

「不安……」

目を背けていた部分を突かれる。正直傷は深くてまだ癒《い》えていないけれど、そろそろ問題点と向き合わなければいけない時期だとは思っていた。

「……仕事、だろうな。僕の」

「おや。ブラックな会社にでもお勤めかい」

「会社はグレーだと思う。気持ちの持ちようで言えば」

当たり前のサービス残業。労働に見合わない賃金。休みは基本週一回。でもまぁ業務内容に関して文句はない。絵麻はと言えば、労働基準法に基づいた残業手当と年二回の賞与が支給されて土日祝日休みというクリアな会社で地位を築き上げているキャリアウーマン。当然、格差は否めないわけで。

「付き合って三年。僕より三つ年上の彼女は今年最後の二十代」

「適齢期じゃないのさ」

「そう思っての決断だった。けど、彼女は兎に角心配性なんだ」

表には出さないけれど、絵麻にはネガティブな一面がある。商談の前日になると最悪の場合も考慮しなければと悪い方向性を一通り考えているけれど、その方向性の幅が広い。よくもそんなに思いつくものだと呆れを通り越して感心してしまう。良くも悪くも先を見越す能力が超越している。

「僕が、もっとしっかりしないといけないんだ。彼女が安心できるように」

「諦めるつもりはないんだね？」

「勿論」

独立でもしない限り出世の望みは無いけれど、今出来る事は精一杯やって認めてもらうしかない。

「そうかい。なら頑張りなよ！」

頑張りが足りていないいんだよ。結果しか知らない神様の無責任なエールはそう聞こえる。

「……ありがとう」

だが、不思議とその言葉に励まされているような、背中を押してくれるチカラのようなものを感じた僕は戸惑いつつもお礼を返していた。

「きれいなお月さんだねぇ」

空を見上げる神様につられて視線を上げる。確かに月は出ていた。しかし雲間から辛うじて顔を出している細い月は光も弱弱しい。

「微妙……」

ベンチにはもう神様の姿はなかった。

◆

出勤時間はいつも違う。その日の仕事量や気分なんかで家を出る時間を決める。子供の頃から朝は得意で、睡眠時間に左右されず朝になればスパッと起きる事が出来る。遅刻した事は一度もなく、花の仕入れに行く日を除けば店にはいつも一番乗りしている。

今朝は一時間早く出勤し、一人で水桶を掃除していた。作業を始めて間もなく誰もいないはずの室内に足音が響き、振り返ったところで作業場に入って来る社長と目が合った。

「おはようございます。早いですね」

「それはこっちのセリフだよ大黒君」

僕以外の従業員と同様に出社時間の五分前に来るのが恒例な社長が、こんなに早く現れる時は決まって僕に話がある時だ。作業の手を止めると社長は早速「相談なんだが」と切り出した。

「来年、駅地下に大型フラワーショップがオープンするのは知ってるな。そこに採用が決まっている三名の未経験者を暫く預かってほしいと頼まれてね」

「研修ですか」

ここ「君に花束を」は小さな花屋だ。資格を持つ社員は僕しかいない。うちで研修となれば当然、管轄を担うのは僕になる。

「大黒君が人を仕切るのを苦手としているのは承知だ。中学生の体験学習は毎年無理をさせてすまないと思っているよ。でもこれは昔世話になった人の頼みでね、出来れば引き受けたいと思っているんだ」

社長の言う通り、僕は店を任せてもらっていながら取り仕切る事が苦手だ。中学生相手でもしんどい。人には向き不向きがあるけれど僕は間違いなく後者だ。

「分かりました」

でも僕は迷わず首を縦に振った。予想外だったらしい僕の即決に社長は「え？」と声を漏らす。

「いいのか？」

「はい。僕で良ければ」

「良いも何も。向こうは大黒君の腕を見込んで頼んできたんだ。よろしく頼むよ」

絵麻に認めてもらえるように頑張ると決めたばかりだ。断るわけにはいかない。

「……社長。実は僕も、相談したい事があるんですが聞いてもらえますか」

それに。これはチャンスかもしれない。

「ずっと、考えていた事があるんです」


朝から降りだしていた雨は日中に何度も強弱を繰り返し、夕方を過ぎてようやくやんだ。いつもより比較的早く家に帰り着いた僕はご飯と風呂を済まし、家着の上からニットを一枚着込んで外へ出た。離れの窓から明かりが漏れているのを視界の隅に確認しながら、門構えを抜けていつもの公園に向かう。途中で一度は通り過ぎた自動販売機の前に戻った。

いつもと同様誰もいない公園のベンチに腰掛けてタバコに火を付ける。

「あたいにも一本おくれよ！」

気配もなく突然ベンチの背の上に現れたエゾリスの神様。足音が小さいらしい僕はよく周りに「急に現れる」と驚かれ、中神さんに至っては「忍者ですか？」と真顔で聞かれる始末だが、みんなの気持ちが少し分かった。

「どうぞ」と、さっき買ったカフェオレを差し出す。抱え込むように受け取った神様は「ぬくいねぇ」と顔を緩ませた。今日は冷え込んでいるからＨＯＴを選んで買ったけど、全身毛皮の神様の方がよっぽど暖かそうだ。

「お。何か進展があったんだね？」

煙を吐いた僕を見て神様が顔を上げる。

「今日は彼女とは会ってないけど」

「それじゃ仕事だね。給料でも上がったのかい？」

「いや。やりたい事が、見つかったんだ」

サイズ感を人間に例えたらカフェオレで満たされたバケツを抱えて飲んでいるような神様に、僕は躊躇《ためら》いなく打ち明けた。

「何をやろうってんだい」

「イベントをやろうと思ってる」

日頃から感じていた事。客の割合は圧倒的に女性が多い。その中でも主婦層が目立っ。僕は男性も花屋に来てほしいと思っている。花をめでろとは言わない。男性はもっと女性に花を贈ってもいいんじゃないかと思うのだ。花は年齢も性別も問わない。子供からお年寄りまで幅広い男女に花を広めたいという考えが僕の中にはずっとあった。

頑張ろうと決めた矢先の社長の申し出。行動に移すには良い機会かもしれない。そう考えた僕は預かる事になった三名に研修の一環として協力してもらい、男性が女性へ花を贈るイベントをやりたいと願い出た。初めての試みだけれど社長は二つ返事でOKした。

「あんたいい顔してるね。何時《いつ》になくイキイキしてるじゃないのさ」

「顔には出してないつもりだったんだけど」

不安も大きいが、この企画は何としても成功させたいと密かに意欲を燃やしていた。

「それも煙の吐き方でわかるのか？」

「あたぼうよ！」

不満も満足もない今の現状に浸っている自分はきっと絵麻に相応《ふさわ》しくはない。この仕事をやり遂げることが出来れば僕は変われる気がしていた。

変わるかもしれない。プロポーズに失敗したあの日から、僕に対して冷めているような絵麻の態度も。

「今のは彼女の事でも考えてたね？」

「吸いづらいな」

「あたいはタバコ吸いませんからスイマセン。なんてね」

「……寒い」

最近の絵麻はよくため息をついている。絵麻はタバコを吸わないけれど、神様は息の吐き方でも人の気持ちが読めたりするのだろうか。何らかのシグナルである可能性が高いそれを知るのはちょっと怖いけど。

「もう行くのかい？」

タバコを携帯灰皿に捨てて立ち上がる。神様はぐびぐびとカフェオレを飲み続けていた。

「帰って企画書を書く」

早速明日から研修員の受け入れが始まる。イベントは一週間後の日曜日。通常の業務に加えた企画準備は勿論時間外。デートも睡眠時間も大幅に削る覚悟で種をまく。

そして必ず花を咲かせて実のなるものにすると決めた。

「あんたも見ていきなよ。このきれいなお月さんをさ」

神様の言葉で夜空を仰ぐのは、もはやルールと化している。

月が大きく見えたり小さく見えたりするのは目の錯覚だと言われているけど、今日の月はやけに小さくて遠い。視線を戻せば神様が消えているのも暗黙の了解だ。

「……小っさ」

その後も、雨が降ろうと遅くなろうと関係なく神様は公園でタバコを吸う僕のもとに毎晩現れた。毎回コーヒーを要求してはぐびぐびと飲みながら研修員相手に苦闘している僕の話に耳を傾ける。

夜の公園はいつしかタバコの煙を吐き出しながら胸の内も吐き出す場所になっていた。

◆

よく晴れた日曜日。人通りの多い商店街の一角を借りて特設コーナーを設けた僕は研修員の三人と共にイベントを開始した。

彼女や奥さん、小さい子供も。女性を連れている男性を中心に「花を贈りませんか？」と声をかけ、相手をイメージしながら選んでもらった花を僕達がミニブーケにする。男性からブーケを受け取った女性は誰もが笑顔になった。格安な参加費と買い物の邪魔をしないサイズのブーケは好評で、彼女にねだられて参加するカップルも少なくない。

「あの。彼女いなくても参加って出来たりしますか？」

人の流れが飲食店へと集中し、少し落ち着いた正午に一人の男がやってきた。

「贈りたい人がいるんです」

愛想は無いが低姿勢な若い男だ。

「中神結って事務員いますよね。オレ、彼女の同級生で。中神から話聞いて興味持って来ました」

中神さんの知り合いか。

「そうでしたか。ありがとうございます。どうぞこちらへ」

スーツ着てるけど、仕事中だろうか。

「花とか今まで買った事なくて。よく分かんないけど大丈夫ですか？」

「大丈夫ですよ。お手伝いしますんで。贈りたい人というのはどんな人ですか？　差し支えなければ」

すると男は照れたように口角を上げて初めて表情を見せた。

「年上の人なんですけど。優しくて、落ち着いていて、品があって」

嬉しそうに話しだした彼の話によれば、居酒屋勤務である彼の店に彼女が客としてやって来たのが出会いらしい。運んでいた飲み物を誤って彼女にぶっかけてしまったが、彼女は咎《とが》めるどころか優しい言葉をかけて許してくれたという。まるで絵麻みたいだな。妹思いな絵麻は、妹の同世代相手にも優しく……というか甘くなるところがある。

「こんな感じでどうですか？」

出来上がったブーケを眺めた男は満足気に頷いた。

「すげぇ。あの人のイメージにぴったりだ。ありがとうございます。あの。もし良かったら今度うちの店に来てください」

ブーケを受け取った男は鞄から一枚の紙を僕に差し出して去っていった。

「あ！　それって今、結構人気の店ですよね」

隣の研修員が覗き込んできた紙は居酒屋のチラシだった。下には切り取りのクーポン券が付いている。

「ちょっと変わった看板娘がいるって話題の。私ずっと気になってたんです！」

「じゃぁ、あげる。今日の打ち上げにでも使ってください」

酒が苦手な絵麻と付き合うようになってから僕も飲まなくなった。他に居酒屋に行くような相手もいない。

イベント終了後。例の居酒屋を予約していた三人を定時で帰し、片付けを終えて閉店後の店に戻るとすぐさまノートパソコンを開いた。この気持ちを早く何かしらの形に留めておきたい。そんな思いで報告書の作成に取り掛かる。僕はらしくもなく興奮していた。

イベント中に撮影した写真をいくつか報告書に添付しながら、最後に撮った研修員達の写真に目が留まる。この時、充実した気持ちや達成感を味わっていたのは僕だけではなかったらしい。少し疲れを滲ませながらも皆の表情は明るく満たされていた。

店を出ていつもの公園に着いたのは日付が変わる少し手前だった。

「いつものおくれよ！」

「僕は店のマスターじゃないよ」

ベンチに腰掛けタバコを吹かし、ようやく一息つけたところで現れた神様に蓋を開けた缶コーヒーを差し出す。飲み口の開いたフレーバーコーヒーから湯気と共に漂うキャラメルの香り。缶を抱えた神様はうっとり顔で鼻をひくひくと動かした。

「で。どうだったんだい。イベントってのは今日だったんだろ？」

神様の問いに僕は無言のまま煙を吐いた。

「いい仕事が出来たようだね」

神様の言う通り、イベントは大成功だった。最後まで途切れなかった参加者に用意していた花も殆ど無くなり、店の宣伝や、男性と年齢層を広げた女性に向けて花をアピールしたいという当初の目的も十分な手応えを感じることが出来た。商店街の関係者や取材に来ていた地元情報誌の記者達からも好評を博し、店のホームページには早くも多くのコメントが寄せられ、そのどれもがお礼や存続を求める声だった。社長は第二弾もやろうと大いに乗気だ。

「怖いくらい上々だったよ」

それだけじゃない。専門学校を出たばかりのフレッシャーズ。元造園業。転職を考え独学しているサラリーマン。個性同様に表現力も豊かな新鮮味のある研修員三人と仕事をしたこの一週間で学べた事は少なくはない。貴重な体験だったと言える。

「僕は、実家が花屋だったんだ」

「藪《やぶ》から棒に何の話だい？」

　唐突に切り出した話に神様が首を傾げたが、僕は構わず続けた。

「祖父母から受け継いだ花屋に一人っ子の長男として生まれた。誰に言われたわけでもないけれど将来は当然店を継ぐんだって思ってた」

　小学生から店を手伝いだし、中学では園芸部に所属。高校は園芸科のある学校を選んで進学した。迷いなく突き進む僕に「敷かれたレールの上で走るだけって気楽でいいな」となじる者もいたけれど、その時は何とも思わなかった。

「子供がいずれ大人になるのと同じで、僕もいずれ花屋になる。それが当たり前だと思っていたんだ。なりたいんじゃなくて、なるもんだって」

なって当然という頭でいたから、花屋になる事について何かを思う事自体が無い。

「へぇ。それで、これから継ごうってのかい」

「継がないよ。もう継ぐ店がないんだ。親が花屋を畳んだから」

　高校二年の春に親が引っ越しを決めた。自宅兼店舗の手狭な店を大きくするのかと思いきや、花屋を売ってカフェを開くと言いだす。それが二人の夢だったと語られては、夢なんて持った事もなかった僕は何も言い返せなかった。

「親は、僕が花屋を継ぐ気でいるとは思っていなかったらしい。高校を出たら大学には進まず、海外で学んで花屋の仕事に就きたいって言ったら驚いてた」

唖然とされた。僕の事は生まれ育った環境に影響を受けた、ただの花好きだと思っていたようだ。僕も当たり前だと思っていたから「継ぐ」なんてわざわざ公言していなかった。

それでも僕は花屋になる道を選び、親も苦労をして留学費用を出してくれた。

「店を継ぐって使命感から解放されて自由の身になったところで他にやりたい事も思いつかなかったし。結局は花屋になろうって決めたんだ」

誰にあてがわれたわけでもない。花屋になる道を進み続けたのは自分の意思。でもいつしか、あの日誰かが言っていた言葉が引っかかる様になっていた。

敷かれたレール。

自分で決めた道。でもそれは途切れたレールを継ぎ足した道。

朝から夜まで仲睦まじくカフェでイキイキと働いている両親を見ては迷宮に迷い込む。僕はどうして花屋になったのか。小さな出口を掘っては這い出てきたけれど、そうやって自分を誤魔化し続けていると何処《どこ》かで開いているかもしれない本当の出口が塞がっていくような気がして怖かった。

「花屋じゃなかったら何になってたかって、中学生に聞かれた事がある」

「何て答えたんだい？」

「答えられなかった」

店が無くても花屋になる。そう決めたあの日から今日まで、僕はずっと見えない答えを探し続けてきたように思う。

「プロポーズに失敗してからはますます仕事に向き合う姿勢に悩んだ。どうして僕はこの仕事に就いたのかって自問ばかりするようになってた」

絵麻との社会的格差は自分が思っていた以上の鋭利さで僕を削《そ》いでいた。勿論、仕事で手を抜いた事なんて一度だってない。それが唯一の、僕の芯《しん》。それに準拠する事で会社に自分の居場所を作っていた。

「でも今日、分かった。僕はどうして花屋になったのか。その答えを実感した」

暗い夜の空気に漂い、溶け込むようにして消えていく煙を眺める。

「なりたかったんだ。単純に。それだけなんだ」

「分かりやすいようで分かりにくいねぇ。一体何を実感したってのさ？」

携帯灰皿を広げてタバコの火をもみ消した僕の顔には自然と笑みが浮かんでいた。

「すっげぇ楽しかった！」

花を贈る人と、受け取る人。花から人へ。人から人へ。広がる笑顔の連鎖を目の当たりにした僕は、今までに感じた事のない遣り甲斐と失っていた事にすら気付いていなかった自信に満ち溢《あふ》れた。

この仕事が好きだ。イベントを成功させた達成感の中で心がそう叫んでいるのが分かった。

「花屋になってなかったら何になってたか。きっとなりたい自分になってたと思う。それは、やっぱり今の僕だ」

花屋でなくても、きっと僕は絵麻に花を贈る人間になっていた。花は言葉だ。相手に必ず思いは伝わる。これからも僕は伝えていきたい。贈り続けたい。

そうかい。とコーヒーを飲んだ神様が顔を上げる。

「きれいなお月さんだねぇ」

「まぁまぁかな」

少し欠けた月は、それでも確かな輝きで闇夜を照らしていた。

◆

「あの。何か手伝える事、ありませんか」

閉店時間の十九時を過ぎて片付けを始めた頃、店に中神さんが顔を出した。事務員である彼女の退勤時間はとっくに過ぎている。

「残業頼んだ覚えはないけど」

「はい。ちょっと、やる事が残ってまして。今終わったところなのですが」

「それなら帰りなよ。お疲れ様でした」

しかし中神さんは「掃除、手伝います」と箒《ほうき》を手にした。

「分かってるとは思うけど残業代はつかないよ」

「はい。少しでも早くですね、大黒さんが帰れるようにお手伝いをしたいんです」

そう言って散らかった作業台回りの掃き掃除に取り掛かる中神さんの後姿に浮かぶ心当たり。

「もしかして絵麻から何か言われた？」

「い、いえ。何も。それはないです」

ぶんぶんと首を振る。

「姉は私の事は詮索してくるのに、自分の事になると口が堅くて……」

「ふーん……」

僕の探りの目に耐えかねたように中神さんは「す、すいません」と身を縮めた。

「この一週間、大黒さんはご多忙でしたから。その……姉も、きっと早く会いたがっているのではないかと、思いまして……」

今日は仕事帰りに絵麻の家へ行く予定にはなっているけど、本当にそうだろうか。

絵麻は、僕に会いたいと思ってくれているだろうか。

「……僕も兄弟が欲しかった」

「え？」

絵麻の気持ちは分からないけれど、この姉妹が互いに思い合っているのは分かる。

「それじゃ、掃除が終わったら戸締りをお願いします」

「は、はい！」

今日は早く帰るつもりでいたから手伝いは大いに助かる。僕だって早く絵麻に会いたいんだ。


公園は水浸しだった。日中はよく晴れていたのに天気予報も大外れな大雨が降っている。泥沼と化した砂場の横を通り、雨の日だけ使っている一番奥側の屋根があるベンチに腰を下ろした。

「いつものおくれよ！」

タバコに火を付け一服したところで神様が背後から現れた。隣に座って両手を差し出す神様の体は濡れていない。

「いつからここにいた？」

コンビニで買って来たドリップコーヒーを差し出して問いかける。

「何言ってんだい。今来たところだよ」

「こんな土砂降りなのに毛がふわふわなんだけど。雨の中でも神ってのは濡れないのか？」

「神様だって雨に降られたら濡れちまうよ。だからこうして傘を差して来たんじゃないのさ」

ベンチの下に手を伸ばして神様が取り出したのは一枚の大きな葉っぱ。茎の部分を持って傘のように差して見せるそれは里芋の葉だ。里芋の葉の表面は撥水性《はっすいせい》に優れていて傘と同様に水を弾く。

「葉っぱの傘とか。森のリス感がすごい」

「誰が森のリスだって？　あたいは森の神様だよ！」

「似合うって話」

初めて神様が可愛く見えた。

「そう言うあんたは、いくら花屋だからって大の男が花柄の傘ってのはないだろう」

屋根の柱に立てかけてある花柄の傘は絵麻から借りてきた物だ。

「そんな事より。今日は彼女と久しぶりのデートじゃなかったのかい？」

この一週間、企画に集中するために絵麻とは会うどころか連絡も取っていなかった。

「彼女の家に行ってきた帰り」

「喧嘩《けんか》でもしたのかい？」

「してないよ」

神様に背を向けて煙を吐く。

「振られたのかい？」

「振られてない」

諦《あきら》めて正面を向く。

「晴れないねぇ」

「この雨じゃ無理だろ」

「あんたの心の話だよ」

神様は香りを堪能してからコーヒーを口にした。

「……本当に喧嘩はしてないし、振られてもない。今日は彼女の手料理を一緒に食べながらイベントの報告をしただけだよ」

今日は魚料理だった。絵麻の得意料理で僕の好物でもあるハンバーグは最近食べていない。

「……今までは出来る事をするのが仕事だった。けど今は、今の自分を超えた仕事がしたいって、意欲をもって働けるんだ」

この世界に身を置いて六年。それは未だかつてない感覚だった。

「僕は変われたと思った。でも、彼女の反応は僕の想像してたものとは違った」

仕事の苦楽と向き合っている絵麻なら、僕の心境の変化を喜んでくれると思っていたけれど、絵麻の態度は変わらなかった。

「彼女は寂しかったんじゃないのかい？　仕事のせいで暫く会えずに、ようやく会えたところで仕事の話ばかりされてさ。そりゃ不機嫌にもなるってもんだよ」

「そうならいいんだけどね……」

そうじゃない事は分かっている。絵麻は仕事が原因で拗《こじ》らせたりは絶対にしない。

「花が好きな彼女は、僕の仕事に対しても好意と理解を持ってくれていたんだ。休日は合わないし、残業が常で会う時間も遅い。なのに、励まされる事はあっても文句を言われた事は一度もない」

応援してくれていたはずだった。一番の理解者でいてくれたはずだった。

「今の彼女はまるで、仕事に励もうとする僕が気に入らないみたいだ。頑張ろうとするほど結婚が離れていく気がするよ」

絵麻のステータスにはまだまだ遠く及ばないけれど、少しずつでも近づきたい。職種は違っても絵麻が見ている景色を見て共感したい。そう思っているのに、近づこうとするほど何故か離れていく。

「今日は冷える。もう帰るよ」

全く吸った気がしなかったタバコを携帯灰皿に放り込む。すると「やれやれ」と呟いた神様が徐に僕の肩をよじ登って来た。重量感に顔を顰めるが神様はお構いなしだ。

「うわっ！」

急に首筋を擽《くすぐ》られて思わず悲鳴を上げる。

「そんな辛気臭い顔するのはやめときな。疫病神《やくびょうがみ》が来ちまうよ！」

「やめろって。近所迷惑になるっ。うへぇ」

「そうそう。その顔だよ。辛い時程笑って見せるのが男ってもんだよ」

「分かった。分かったから手を放してくれっ」

堪《たま》らず身をよじったところで神様が肩から降りた。

「はぁ。……笑い死ぬかと思った」

けど。こんなに笑ったのは久しぶりだ。何だか少しスッキリした。

絵麻の家を出た後、僕はタバコを吸う気にもなれず公園に行くのも躊躇っていた。習慣が出来ているうえに帰り道にあるから何となく足が向いたわけだけど、やっぱりここへ来て良かったかもしれない。

「きれいなお月さんだねぇ」

「空見えないでしょ」

頭上を覆う天井を見上げた短い時間のうちに、神様は傘の葉っぱとともに消えていた。

僕も帰ろうと傘を広げたその時。屋根や地面に打ち付ける雨音のみが支配していた公園に着信音が響く。取り出したスマホの画面に表示された名前が目に入ると、瞬く間に不安感で縛られていくような胸騒ぎを覚えた。出たくない。直感が拒否する。しかし出ないわけにもいかない。

「……靖成」

通話ボタンを押して耳に押し当てたスマホから聞こえた、僕の名を呼ぶ絵麻の声。

嫌な予感はより一層色濃くなった。

通話は一分もしないうちに終わった。一方的に切られたかたちで。嫌な予感は的中した。

突然強く吹いた風にあおられる。手から離れた傘は砂場まで飛ばされ、泥沼に浸かってしまった。初めてのデートで急な雨に降られた時に、雨宿りをした雑貨屋で僕が買った安物の傘。絵麻に贈った初めてのプレゼントだった。

◆

一晩中降り続いた雨は早朝になってやんだ。それでも日中は曇ってばかりで夜になっても水溜りが至る所に残っていた。

「大黒さん。お先に失礼します」

「お疲れ様でした」

ぺこりと頭を下げて帰っていく中神さんの後ろ姿は今にも踊りだしそうだ。きっとこれから崇司さんとデートだろう。分かりやすいな。今日一日、彼女の様子に変わったところはなかったけれど、それも時間の問題だな。

普段通りに仕事をこなして帰宅する。ご飯を食べて風呂に入り、タバコと缶コーヒーを持っていつもの公園へ向かう。いつものベンチは湿っていたけれど端の方は乾いていたからそこに腰掛ける。

「いつものおくれよ！」

吹かした煙の行く末を見るでもなく眺めていたところで神様が現れた。はいどうぞと蓋を開けた缶コーヒーを渡す。

「ありがタイならいもむしゃクジラってね」

両手で受け取り、抱えるようにしてコーヒーを飲む姿もすっかり板に付いてきた。

「ところでさ。これ、落っこちてたのを拾って来たんだけどね」

神様が僕の足元を指す。そこには、さっきまでは無かった一本の傘が転がっていた。汚れているその花柄の傘は手に取るまでもなく――

「あんたの傘じゃないのかい？」

「……うん」

絵麻の傘だ。

「あの雨の中、傘を忘れて帰ったってのかい？」

「……そう」

「バカは風邪引かないってのは本当なんだねぇ」

「そのようで」

拾い上げる気になれず足元に転がったままの傘を見つめる。

「今度こそ彼女に振られちまったんだね」

「煙を読むなって。ちゃんと口で言うから」

携帯灰皿にタバコを押し付ける。禁煙しようかと思ったのはこれが初めてだ。

「……昨日。あれから電話がきて、もう会えないって言われたよ」

一分足らずの通話で絵麻から別れ話を切り出された。

「理由を聞きたいって言ったら電話は切れた」

僕は電話を掛け直す事も、絵麻の家に行く事もしなかった。

「それはご愁傷《しゆうしよう》、いやご傷心様だね。さぞかし仕事にも身が入らなかっただろうに」

「それが自分でも不思議なくらい普段通り。まだ周りの反応もないから実感も湧かない」

いずれは中神さんの知る所となるだろう。感情を隠せない中神さんにきっと周りも反応するはず。面倒な事になりそうだ。覚悟しておかないと。そう、覚悟を……。

「……それに。心のどこかでは、覚悟を決めてたところも正直ある」

風邪は引かなかったが、絵麻の変化に気付かない程僕はバカじゃなかった。

「プロポーズを断られた時はショックだったけど、彼女は離れる気はないと言ってくれた。勿論僕もない。だからそれまで通りに関係は続いた。でも次第に彼女の態度は変わり始めた」

　会う頻度は変わっていない。会話が減ったわけでもない。ただ、絵麻から笑顔が消えた。本人は笑っているつもりでいただろうけれど、あんな寂しそうに笑う顔を僕は笑顔とは受け取れない。取り繕った好意を向けられているようで辛かった。

「でも、諦めたらそこで終わる。だから終わるまでは諦めない。彼女との結婚は初めて持った僕の夢なんだ。そう簡単には手放せなかった」

　今は難しくても、いつかは彼女に相応しい人間になって認めてもらいたい。その一心だった。

「バランスが崩れても『恋人』である事実が最後の砦《とりで》だった。昨日は、立て直せる自信をもって会いに行ったんだ」

　人生がかかっていた一番大事な時に僕は慎重を欠いていた。砦は僕が思っていた以上に傾いていた。

「初めて仕事が楽しいと思えて、いつもイキイキと働いている彼女と同じ景色が垣間見られた気になって嬉しくて。つい、話が一人で弾んでいた。気付いた時にはもうヒビだらけだ。修復の術も見つけられなかった」

良かったね。おめでとう。そう言って微笑んだ絵麻は、無理して笑っているようにしか見えなかった。今まで見た事のない悲しそうな目をしていた。今思えばあの瞬間から僕はどこかで覚悟を固めていたように思う。もう、無理かもしれないと感じていたと思う。

「仕事で成果を出せば自分は変われる。そしたらこの状況も打開できる。今思えば甘い考えだった」

こちらが真摯《しんし》に向き合えば必ず真剣に応えてくれる。そんな絵麻が出した答えを受け入れないわけにはいかない。

「諦めるのかい？」

「嫌だ嫌だと子供みたいに駄々をこねても無理なものは無理だろ」

僕達は終わったんだ。諦めるしかないだろ。

「これ以上、彼女に辛い思いはさせられない」

あんな悲しそうな目は、もう見たくない。

「ただでさえ僕は年下で、しっかり者の彼女にいつも助けられていた。僕が出来た事といえば、背の低い彼女の代わりに天井の電球を変えてあげたくらいだ」

守りたいと思っていたのに、彼女の優しさに守られてばかりだった。

「甘えていただけなんだ。結局は。せめて最後くらい大人にならないと」

せめて最後くらい守らないと。絵麻の意思を。

「そんな落ち込んでないでさ、上を見てごらんよ。きれいなお月さんだよ」

言われて見上げた夜空には満月が浮かんでいた。

「本当だ」

こんな日に限って非の打ち所がない月が輝いている。僕はそのまま暫く、ただただ美しい月を眺めていた。明媚《めいび》な光に満ちたこの月は、きっと見上げる人達全ての心を静めて穏やかにしているだろう。僕を除いて。

挫折感も脱力感もない。何も感じない。悲しみにのまれて泣きわめく事も出来ない。今の僕は満たされない心が大きく欠けてしまい、まるで感じる事を放棄してしまっているみたいだ。

首が痛いなと視線を戻す。神様はいつものように姿を消して――

「……あれ」

首を傾げる僕に、首を傾げ返す神様。

「……まだ居たんだ」

「居ちゃ悪いかい？」

「……いや」

神様が僕の隣に居てくれる事に何も文句はない。

「あんたは、どうしてお月さんがあんなに綺麗に見えるんだと思う？」

「……それは、太陽光を跳ね返しているから」

そんな仕組みを聞いているわけではないんだろうけど、他に思い浮かばなかった。

「空が暗いからだよ。想像してごらんよ。いくらお月さんが輝いてたって空が暗くなくちゃ、よく見えないだろ。昼間のお月さんを褒める奴がいるかい？」

「僕は好きだけど」

まぁ確かに月と言えば夜空に浮かぶのを想像する。

「暗闇にぽつんと一つ浮かんでるからお月さんってのは綺麗なんだよ。けど人間は、お月さんもお星さんも出てない暗いだけの空を眺めようとはしないだろう」

「月も星も出てないんじゃ、何もないのと変わらない」

「あたいは好きだよ。何もないと感じるのは、何も見ようとしてないからだね」

「見ようと、してない……」

水面に落ちた一滴が波紋を広げていくように、その言葉は僕の全身に動揺を広げる。

「上を真っすぐに見てる人ほど光に吸い寄せられる。けど、大事なものってのは見えにくい場所に隠れてるんだよ。見ようとする目にだけ見えるようになってんのさ」

大事なもの。僕にとって、一番大事なもの。

「だから、あたいは暗い空が好きだね。物言わず光を支える影の気高さってのがさ」

絵麻の輝きに近づきたい。その輝きは遠くて、少しでも同じように光りたくて一心不乱だった僕を支えていたのも、そばにいた絵麻だった。

変わりたい。絵麻に相応しい人になりたい。僕は自分の事ばかりで、一番大切だった絵麻の気持ちを見ようとしていなかった。

「人間ってのは馬鹿を見たって正直な方がいい。自分に嘘をつくんじゃないよ。心が曇っちまってますます周りが見えなくなる」

時には嘘だって必要な時があるけれど、自分を偽り通して平然と生きていけるほど至妙な人間はそう多くはないと思う。僕もそんな器用さはない。

「本当は諦めたくないんだろう？」

神様の問いに僕は素直に頷いていた。自分ではない誰かに図星を指されると目が覚めたような思いがして、そこで初めて気づかされる。足元の傘を拾って立ち上がると水道へ向かい、蛇口を捻って傘に付いた泥汚れを洗い流した。

「……まだ終わりじゃない。少なくとも僕には、まだやる事がある」

絵麻の傘は三年前に買った安物とは思えないほど水をよく弾いた。手入れをして大事に使ってくれていたのだろう。

「駄々でもこねといでよ。男は度胸さ。当たって砕けてきな！」

「行ってくるよ。砕ける気はないけど」

僕は傘を手に公園を飛び出した。


「分かった。もう電話はしない」

電話をかけると意外にもすぐに出た絵麻だったが、開口一番「申し訳ないけれど、もう電話はしないでほしい」と頼まれた。

「電話はしないけど。今マンションの前にいる。待ってるから。ずっと」

それだけ言うと電話は切れた。明日は休みだし、本当に朝まで待つ覚悟でいたが五分も経たないうち絵麻は出てきた。パジャマの上から厚手のカーディガンをはおり、困惑した表情を浮かべている絵麻に傘を差しだす。

「こんな寒い外にずっと立っていたら間違いなく不審者」

絵麻はやっぱり僕の覚悟を見抜いていた。

渋々部屋の中に入れてもらう事に成功する。玄関や廊下、リビングにも僕がプレゼントした花は昨日と変わらず飾られているが、僕がいつも座っているテーブルの椅子だけが無くなっていた。

「理由を聞きに来た」

居場所を失くしたテーブルには着けない。壁を背もたれにして床に座り込む。絵麻は少し迷っていたが、一歩離れた隣に腰を下ろした。

「はっきりと言わなくてごめん、靖成。……私と別れてほしい」

改めて言われると流石に胸が痛い。でも、今は違うんだ。

「私が悪い。プロポーズを断っておいて離れる気はないなんて、どっちつかずな態度でいたから。ごめんなさい」

僕は首を横に振った。絵麻が謝る必要なんてない。

「そうじゃないんだ。僕は、プロポーズを断った理由を聞きに来たんだ」

正面のキッチンカウンターに飾られたシンプルなバラのリースを眺めながら問いかけた。

「絵麻は、僕の事が好きだよ。僕がとんだ勘違い野郎じゃなければね」

人や自分に対しても嘘が苦手な絵麻が、生半可な気持ちで誰かと付き合えるわけがない。結婚は出来ないけど離れる気はない。プロポーズを断っておいてなかなか言い出せる言葉じゃないと思うけれど、それが嘘をつけない絵麻の本心。

「結婚に踏み出せない原因は僕の仕事にある。今の僕ではダメなんだ。そう思って疑わなかった。僕は、仕事が好きだって堂々と言う絵麻をずっと尊敬していた。僕もそうなりたい、変わりたい。その一心で仕事に打ち込んで理想の自分を探していた」

認めてもらいたい。ただその思いに突き進んだ。

「でも僕は自分ばかりを見ていて、肝心な絵麻の気持ちを置き去りのままにしていた」

一番大事なものはきっと目を凝らせば見えるところにあったはずなのに。

「今更だけど、聞かせてほしいんだ。絵麻の気持ちを。それを知らずに諦めるなんて出来そうにない」

僕の言葉に絵麻は俯いたまま沈黙を貫いた。話は進まないまま時間だけが流れていく。

絵麻は明日も仕事がある。これ以上粘って休息時間を奪うわけにもいかない。「今日は帰るよ」そう言って立ち上がろうとした時だった。

「……仕事を、辞めたくなかったの」

小さく、でもハッキリとした彼女の言葉が僕を引き留めた。

「周りはどんどん結婚していって、ママになって、幸せになってる。私もいつかはって思っていたから、靖成のプロポーズはすごく嬉しかった」

　俯いたまま絵麻は続ける。

「靖成は勘違い野郎じゃない。私だって靖成の造る花が大好きで尊敬もしてる」

　え、と思わず声が漏れる。いつも「頑張れ」と励ますばかりの絵麻の口から「尊敬」なんて言葉が出たのは初めてだった。

「結婚しても、子供を産んでも働き続けている人は沢山いる。でもそれは容易な事じゃない。私一人だけの問題ならいくらだって乗り越えて見せる。でも家族が出来ればどうしても巻き込んでしまう」

　働くママに社会は厳しい。子育てをしながらパートに来ている従業員が、いつかそんな話をしていたのを思い出した。

「今の部署に女は私だけ。以前は二人いた女性の先輩も結婚した後に異動や退社をした。結婚しても女性が今まで通りに働けるような先駆者になりたいって言っていた先輩達が、苦労の果てに白旗を上げたのを間近で見て壁の高さを思い知った」

　静かな部屋の中で響くその声には重力があった。二人を取り巻く空気にめり込んでくるのが分かる。

「現実的に仕事と結婚の二者択一。そう考えた時、私はどうしても今の仕事を捨てられなかった」

「………」

絵麻は仕事を選んだ。初めて耳にしたプロポーズの敗因。思いもよらなかった答えに暫く言葉が出なかった。そんな彼女の気持ちも知らずに僕は仕事に励んでいた。僕の話に無理して笑っていた悲しそうな目が脳裏に蘇ると、痛みに思わず目を閉じる。

どうして気づけなかったんだ。悔やんでも悔やみきれない。

「……仕事。辞める必要はない」

沈黙を破った僕の言葉に絵麻が顔を上げた。

「続けたいと望むなら、それが絵麻の幸せなら、辞めないでほしい」

失敗は取り消せない。それでも進みたい先がある。この先の後悔をなくすために今の自分がある。

「僕が仕事を辞めるから」

再び沈黙に包まれる。

「……今、何て言ったの？」

「絵麻がずっと仕事を続けたいと言うなら、僕が家事や育児をする主夫になっても構わない。だから僕と結婚しよう」

「冗談はやめようよ」

「本気なんですけど」

僕の顔を覗き見る絵麻の、開いた口が塞がらないでいる。

「ダメかな」

「ダメでしょ。そんなの！」

怒り出した。

「靖成言ってたじゃん。自分で立ち上げた企画が成功してから自信と遣り甲斐を取り戻せたって。仕事が楽しいって初めて思えたって。次の企画も成功させて、スキルも上げていけたら自立も考えられるかもしれないって嬉しそうに話してたくせに、あれは嘘だったの？」

「ううん。本当」

サラリと言い返した僕に今度は絶句している。

「今は仕事が楽しいよ」

「……二度も悪いけど結婚はお断りします。靖成にとって今が一番大事にしなきゃいけない時だよ。それを簡単に辞めるなんて口にしたらダメ」

簡単じゃない。今仕事を辞める事が惜しくないと言ったら嘘になる。それでも。

「大事な時だからこそだよ」

大事な事に気がついた今だからこそ。

「生まれた時から当たり前にあったから何も感じなかったけど、今回の事で分かった。僕は花が好きなんだ。この仕事に就いたのは間違いじゃなかった」

目の前のバラのリースは僕が絵麻をイメージして造った、自信作だ。

「僕にとって花は自分を素直に表現できるものなんだ」

「だったら尚更、辞めるなんて――」

「そんな花も、贈る人がいなければ意味がない」

僕が花を贈りたいのは世界に一人だけしかいない。

「僕は花を絵麻に贈り続けたい。花屋じゃなくてもそれは出来る。花屋に居なくてもなりたい自分にはなれるんだ」

大切な人に花を贈り続けたい。それが、夢を持った事がなかった僕の、今の夢。

「だから、絵麻。僕と結婚しよう」

三回目のプロポーズ。絵麻は何かを言いかけたが、躊躇って口を噤《つぐ》んだ。そして額に手を当てて少し困ったように笑った。それは久しぶりに見た偽りのない笑顔だった。

人も車も通らない深い眠りについた住宅街の中を一人歩く僕は、いつもの公園に辿《たど》り着いた。タバコを吸うつもりは無かったけれど、ある予感が僕の足をここへと向かわせた。

「おかえり」

「ただいま」

予感は的中した。ベンチにはまだ神様が座っていた。空になった缶を尻尾でくるくると器用に回して遊んでいる。

「彼女にプロポーズしてきた」

隣に腰掛けると神様は駒のように回っていた缶を尻尾で止めた。

「そうかい。あたいはあんたみたいな正直者は好きだよ。バカは見てきたかい？」

「うん。オーケーはもらえなかったよ」

絵麻は「考えさせてほしい」とだけ僕に告げた。空き缶を抱え込んだ神様は三度目のプロポーズに至った経緯に耳を傾けた。

「何だい、その中途半端な返事はさ」

「そうだね。彼女らしくない」

「それにしちゃ、あんたは清々しい顔をしてるじゃないのさ」

神様の言う通り。僕は全く落ち込んでなんかいない。

「本当の彼女は中途半端が許せない質だからね。たぶん、彼女の中でまだ解決しないといけない事があるんだと思う。それをはっきりさせたら、きっと彼女は僕のところに戻ってくるよ」

首を縦に振ってはもらえなかったけれど、あの返事はきっと絵麻にとって前向きな答えだ。そうでなければきっぱり「ノー」と言われているだろう。だから僕も前向きに考える事にした。

「僕は彼女を信じて待つよ」

「本当に仕事を辞める覚悟はあるんだろうね？」

「うん。絵麻のためだけじゃない。自分自身のためでもあるから」

迷いのない言葉に神様は「そうかい」と頷いた。

「見てごらんよ。綺麗なお月さんじゃないか」

「さっきも見たけど」

と言いつつ空を見上げる。やっぱり今日の月は本当に綺麗だ。何度だって見上げたくなる。

「………」

なかなか視線を戻せなかったのは、そこにはもう神様はいないと分かったから。きっとこれが最後になる。そんな気がしたからだ。

仮眠程度の睡眠をとって迎えた休日。あくびを嚙み殺しながらカフェの扉を開ける。開店準備中だった両親は僕を見るなり目を丸くした。僕がこの店に足を踏み入れたのはこれが初めてだから、まぁ無理もないけど。夫婦ってすごいな。血も繫がってないのに驚いた顔がそっくりだ。

「手伝える事、あるかな」

互いに顔を見合わせてから「店を継ぐ気か?」と問いかけてくる両親に「まさか」と首を振る。

「料理を教えてほしいんだ。作ってあげたい人がいる」

笑顔で迎え入れられた店内。初めて見るのにどこか懐かしさを感じるのは沢山の花が飾られているせいだろう。

それからの僕はイベント第二弾の企画に邁進《まいしん》し、時間を見つけては店を手伝いながら料理を学ぶ多忙な日々を過ごした。

あれから神様は公園に現れなくなった。十二月初旬。寒さも厳しくなり次第に足が遠のいて禁煙を始めた。口が寂しくなると何故か僕は月を眺めるようになった。月が出ていない日も暗い夜空を仰ぐ。それだけで気分は不思議と穏やかになれる。未だに禁煙に苦しんでいる父親には到底理解できないだろう。

あの夜の公園はまるで現実の中の異世界だった。臆せずに、誤魔化さずに、本当の自分と向き合えた世界の創造主は間違いなく、粋でいなせなコーヒー中毒の喋るエゾリスの神様だ。

投球の神様

絵麻ちゃんから飯に誘ってくれるなんて嬉しいなー。

ホテル内のレストラン。窓の下に広がるクリスマスイルミネーションを眺めながらそう話していた向かいの男は、私の言葉にそのへらへらした笑みを凍り付かせた。

「……絵麻ちゃん。今、何て言った？」

「ですから。中神結は私の妹です」

言葉を失っているこの男は私の上司。周りからは崇司さんと親しみを込めて呼ばれていて、少々チャラいけど人望は厚く会社内外にも膾炙《かいしゃ》しているわが社の名物部長だ。

「部長が驚かれるのも無理はありません。私達は苗字も違いますし、容姿だって全然似ていませんから」

私、大島絵麻には、中神結という八つ年の離れた妹がいる。私とは似ても似つかない容姿端麗の結が、部長と付き合っていると知ったのは最近の事。

「私達は子供の頃に両親の離縁で事実上の姉妹ではなくなりました。結は母親似で、私は父親似なんです」

「ごめん。全然知らなかった……」

チキンを刺したフォークを持つ手が止まったままでいる部長。

「お二人の事は大黒から聞きました。ご存知ですよね。お会いしたと伺っています」

「絵麻ちゃんの彼氏だよね。うん。会社で会ったよ。……結ちゃんは、俺が絵麻ちゃんの上司だって事は知っているのかな」

「知っていると思います」

結が働いている花屋には大黒靖成というフラワーデザイナーがいる。関係はと問われれば部長の言う通り私の彼氏になる。靖成の話を聞く限り、結は互いの関係性を把握しているみたいだった。

「分かっていても、なかなか言い出せないでいるんでしょう。あの子にとっては何もかもが初めての事なので」

「初めてって？」

「前にも言いましたが、妹はこれまで恋愛に興味を示さない子でした。部長は、妹に出来た初めての彼氏です」

結が私に隠し事をするのも初めてです。

「絵麻ちゃん……じゃなくて、絵麻さん」

急に姿勢を正す部長。

「結さんとは、真剣にお付き合いをさせていただいております」

「誤解しないでください。ただ事実確認をしたかっただけです。反対はしませんから」

「結さんとはまだ手も握ってませんので安心してください」

「私は保護者じゃありませんし、結だって子供じゃありませんから」

今時小学生カップルだってキスぐらいしますよ部長。チャラいくせに実はシャイで生真面目《きまじめ》なんだから。

「部長。この事は、結には黙っていてもらえませんでしょうか。きっとあの子は私に部長の事を話す機会を作ろうと考えていると思うので、それを待ちたいんです」

手先は素晴らしく器用だけど、このまま黙って私の上司と付き合っていけるほどの器用さを兼ね備えた妹ではない。

「分かりました。お姉さん」

「部長。いつも通りでお願いします」

初めて見る緊張した面持ちの部長と食事を終えてレストランを出る。十二月に入ったばかりの夜の街はクリスマスムード一色に染まり、どこを見ても寄り添い歩くカップルばかり。バス停まで送ってくれた部長と別れてバスに乗り、家路についた。

自宅マンションに着き、部屋に入った私を出迎えたのは空っぽの花瓶。結が就職して初めて稼いだ給料でプレゼントしてくれた物だ。昨日まで挿していた花は枯れてしまい、ガラスに描かれているウサギはどこか寂しそうに見える。

妹の結は小さい頃から大好きなウサギを集める事に夢中で、周りの男の子がほっとかない容姿でありながら恋愛にそっぽを向いていた。そんな結の好きな男性のタイプを今まで知る術は無かったけど、まさかあのチャラい部長とは。でも私は姉としてホッとしている。部長はああ見えて周りから尊敬されている。私もその一人。今日の態度を見ていても、結を大切に思ってくれているのが分かる。そして、結の恋心が目覚めた事が何よりも嬉しい。

なのに私は、結の恋の成就を手放しで喜べないでいる。

空っぽの花瓶をテーブルの上から棚の奥へと移した。いつもは靖成が花を挿し変えてくれていたこの花瓶に、再び花が飾られる日はもう来ないかもしれない。

私は靖成にプロポーズされた。しかも三回も。二十九歳。次から次へと友達が苗字を変えていき、いつかは私もと結婚願望は少なからずあった。彼にも不満は無かった。なのに私は首を縦に振る事が出来なかった。全ては私が悪い。不甲斐ない自分に嫌気がさす。

結が部長との交際を打ち明けてくれても、私はきっと心の底から祝福できそうにない。こんな私に靖成のプロポーズを受ける資格なんてない。

◆

「部長。もう少しリラックスして運転なさって下さい」

ハンドルを握る部長の肩に力が入っている。

「いやー。こうしてお姉さんと二人きりになると、やっぱりちょっと緊張するよ」

「お姉さんはやめてください」

昼間でも交通量の多い幹線道路を走行中。どうか事故を起こしませんように。助手席に座る私は違う意味で緊張していた。

「昨日の事。結ちゃんには言ってないからね」

「ありがとうございます」

そこは心配していません。普段はへらへらしているけど部長は信用できる。無事に会社へ戻ると部長はいつも通りの様子に戻って一安心だ。

十九時を回ったところで退勤した私は、近くのカフェでコーヒーを飲みながらサンドイッチを食べて一息つき、その後自宅方向とは違うバスに乗り込んだ。向かった先は、映画やカラオケ、ゲームなど幾多の娯楽施設が集約されているエリア。若者グループやカップル、ファミリーなどで賑わっているなかを一人突き進む私の足は脇目も振らずに目的地へと辿り着いた。

会員制のロッカーでウエアに着替えて専用シューズを履き、マイボールを取り出す。ここは、週に二回以上は趣味で通っているボウリング場。休日は別として常に空きが目立つフロアでスタッフに案内されたレーンに向かうと、隣のレーンに若い女の子が一人でプレイしていた。

白いワンピースに紺色のジャケットをはおり、黒くて艶やかな長い髪を揺らしてボールを投げるその姿はハッキリ言って素人以下。投げられたボールは途中で止まってしまいそうな速度でガーターを転がっていく。

一緒に来ている彼氏や友達がトイレにでも行っているのだろうか。妹と同世代と思われる彼女の事がつい気になってしまいスコアを見ると「カミサマ」とネーム表示されたそれは一人分。まさか一人？　って、私もだけど。現在八フレーム目で得点はゼロ。ピンを一つも倒していない。しかもカミサマって何？　申込用紙に「上様」とでも書いたの？　いつか若い事務員が領収書の「上様」を「カミサマ」と読み間違えていたのをふと思い出した。

ピンを一つも倒せなかった彼女は悔しいのか顔を顰めてボールが帰ってくるのを待っている。余計な詮索はやめよう。気を取り直して軽く手首と腰のストレッチをし、両足のアキレス腱を伸ばしてからボールを構える。先ずは軽めに、と投げたボールは八本のピンを倒し、左端に残った二本のピンを次の投球で倒してスペアになった。今日は調子が良さそう。この調子で次も……。戻って来たボールに手を伸ばすと、横から割り込んできた両手が私のマイボールを抱え込んだ。隣の〝カミサマ〟だ。

「それ、私のボールだよ」

声を掛けるとカミサマはキョトンとして見返した。

「おや。そうかい？　こりゃすまないね」

清楚な見た目とは違って何だか活きの良さそうな口調のカミサマが申し訳なさそうにボールを返す。

「いいのよ。色が似ているから」

私のボールと彼女のボールは同じ青系色だった。

「ちょっと、いい？」

カミサマのボールを手に取る。

「このボール、あなたには重いんじゃない？」

「確かに」と頷くカミサマ。

「重たいボールはコントロールが難しいの。それにドリルも太いし、これは男性用のボールね」

「球に男用と女用があるのかい？」

「勿論。あなたなら10ポンドくらいでいいと思う。穴も、指に合った物を選んだ方が投げやすいよ。良かったら一緒に選んであげましょうか」

「いいのかい？　それじゃあ頼むよ！」

カミサマを女性用ボールラックに連れて行き、彼女の細い指に合ったピンク色のボールを選んだ。これで私のボールと間違えることはもうない。

「どれどれ」とチェンジしたボールでプレイを再開したカミサマは初めてピンを一本倒した。

「どう。投げやすいでしょ？」

「ちょいと見ておくれよ。やっと一点入ったよ！」

「残念だけど今のはファール。得点はゼロよ」

Fが表示されたスコアを指したが、カミサマは「何だいこれは？」と首を傾げている。

「助走してボールを投げるところをアプローチって言うんだけど、その先に線が引いてあるでしょ。ファールラインよ。そこを超えて投げてしまうと、いくらピンを倒しても得点にはならないの」

「ちょっとはみ出しただけだろう。いいじゃないのさ。ケチケチするんじゃないよ！」

「私に言われてもね……。そういう決まりだから」

ルールを知らないようだ。

「あなた、ボウリング初めて？」

「そうだよ」

遊びに来ているようには見えない。一人で練習にでも来ているのだろうか。一人で来ている事情はさておき、何ともお粗末な投球フォームは見ていられない。

「そんな力任せに投げていたら怪我するわ。ちょっと見てて」

手本を見せるつもりで投げたボールは十本のピンをすべて倒した。

「ボールはね、ただ腕を振るだけじゃなくて、こんな風に全身を使って投げるの」

「上手いもんだね！　あんたプロかい？」

「いいえ。趣味でやってるだけ」

五年前は私もカミサマと同様にボールの投げ方もスコアの見方も分からない素人だ

った。会社の親睦会で参加したボウリング大会がキッカケでハマってしまい、いい運動にもなるとジムに通う感覚で通い続けて今に至る。

「プロじゃないけど、投げ方教えてあげようか」

「あんた面倒見がいいんだねぇ。どうやって投げるんだい？」

アベレージは百五十くらい。あくまで趣味で培《つちか》ってきた実力はプロの足元にも及ばないけれど「上手だね」とは言われるレベル。基本くらいなら教えられる。

「先ずは構え方ね。右手だけでボールを持ってるけど、利き手だけに頼ってはダメ。左手でも支えて、体に近付けるように持つの」

「こうかい？」

言うとおりに構えたカミサマに一般的な四歩助走のフォームを教える。カミサマは素直に従い、何度も練習を繰り返しながらフォームを体に叩き込むようにして覚えていった。

「うん。いい感じになってきたよ。それじゃ実際に投げてみましょう。足元ではなくピンを見て。振り下ろした手は真っすぐ、ボールを置くようなイメージで放してみて」

「よし。見てなよ！」

教えたとおりの構えと投げ方でカミサマが放ったボールはレーンのほぼ中央を真っすぐに滑っていった。途中で失速して中央から左に逸れたが四本のピンを倒した。

「ただ球を転がして棒を倒すだけのゲームだって思ってたけど。随分と難しいんだね」

「シンプルでいて奥が深いの。大丈夫、飲み込み早いからきっとすぐ上達できるよ」

忘れないうちに、とカミサマは続けて投げていく。コントロールはまだ安定しないが確実に得点を増やし、ガーターに落ちる事はなくなった。

「棒を倒せるようになったら何だか楽しくなってきたよ！」

醍醐味《だいごみ》を味わえたようだ。

「そうだ。あんたに何かお礼をしなきゃいけないね」

「いいよ。好きでやった事だから気にしないで」

カミサマは椅子に座ると缶コーヒーを飲みだした。

「あんたは何に悩んでるんだい？　お礼に話を聞いてあげるよ」

そう言ってジャケットのポケットから小さな包みを取り出す。両端のねじれている部分を引っ張るようにして開けた中から出てきたのは、コーヒーの香りを放つ黒い飴玉。神様は缶を片手にその飴玉を口へ放り込んだ。コーヒーを飲みながらコーヒー味の飴を舐める人なんて初めて見た。

「……え。あぁ。ごめんなさい。ちょっと考え事しちゃって。今何て言ったの？」

「あんたの悩み、あたいが聞いてやるってんだよ」

どうして突然の悩み相談？

「あ、ありがとう。でも特に悩んでいる事はないから、お気持ちだけ頂いておくわね」

知らない女の子に話せるような悩みはない。

「嘘を築地の御門跡だよ」

「ツキジ……？」

「あんたがここへ来た時についてたため息。あれで分かるんだよ。何かに悩んでるって事はね」

ため息？　私が？　全く気が付かなかった。

「仕事の後に来ているから、ちょっと疲れているだけだよ」

笑顔で誤魔化し、マイボールを構える。投げたボールは八本のピンを倒した。次のボールにはカーブを加えて苦手なスプリットも沈める。今日は本当に調子がいい。

「よっ。お見事！」

華奢な手で豪快に拍手をくれる。

「ありがとう」

「伊達に一人寂しく投げちゃあいないね！」

「……まぁね」

ズバリと言うわね。悪気はなさそうだけど。思った事はすぐ口に出すタイプかな。

「こんなに棒を倒せたら、さぞかしスッキリするんだろうね」

それはもう。狙い通りに倒せた時はスカッとするし、嬉しい誤算で倒せた時なんかは愉快でたまらない。

「けど、これくらいで吹き飛ぶ悩みじゃないんだろう？」

終わってなかったのね、その話。

「例えば、彼氏からのプロポーズを仕事を理由に断ったけど、仕事は辞めなくてもいいって条件で再三結婚を迫られて返事に困ってる。とかさ」

「……!?」

危うく構えたボールを落としそうになった。

どうしてそれを知ってるの？

「最近そんな話を小耳に挟んだんだよ。あんたくらいの年の人の悩みって言ったら結婚だろう」

まるで胸中の呟きが聞こえてしまったかのようなタイミングで淡々と答えるカミサ

マ。結婚ばかりが女の悩みじゃないと否定したいところだけれど、胸にズキリと突き刺さる程の図星だった。偶然？　それにしたって当たり過ぎてる。この事を知っているのは当事者だけ。まさか靖成の知り合い？　でも彼が誰かに話すとは思えない。見透かされているようで背中がぞくりとする。

この子、何者？　こっそり訝《いぶか》る私の視線の先でカミサマは最後のボールを投げた。フォームは確実に良くなっている。

「いいお月さんが出てるねぇ！」

ゲームを終えたカミサマは、そう言い残して帰っていった。

月？　怪訝に見送った後、気を取り直して投げたボールはガーターに落ちた。助走時に躓《つまず》くという初歩的なミスにため息をつきながら、ふと後ろを振り返る。奥の壁に、天に向かって大きく切り抜かれた丸い窓から暗いばかりの空を眺めた。

「見えないけど。月なんて」

◆

付き合って三年になる靖成が結婚を考え出した頃から、私は別れるつもりでいた。

好きだからこその決断。それがお互いのためだと思った。

『絵麻がずっと仕事を続けたいと言うなら、僕が家事や育児をする主夫になっても構わない』

一歩も二歩も踏み出した靖成の決意に、私もこのままでいいはずがないという思いに突き動かされた。このままじゃ結婚なんて一生無理。変わらなくちゃいけない。でも、人はそう簡単に変われるもんじゃない。三度目のプロポーズの返事を保留にし、彼とは会わずに連絡も取らない日が続いて十日目。いつまでも待つと言ってくれた彼の言葉に甘えるだけの日々が続いていた。

「それじゃ大島さん。また頼むよ」

「本日はありがとうございました」

「その気になったらいつでも声をかけなさい。いくらでもいい男を紹介するから」

タクシーに乗り込んだ男に深く頭を下げた私は思い切り顔を顰めていた。

取引先との食事会が終わった足で私はボウリング場に向かった。女性の社会進出が当たり前になった現代でも女性軽視や男女差別はまだ日本に根強い。女の幸せは結婚して子供を産み家庭を守る事だ。典型的な男尊女卑思考である相手の接待はストレスが溜まる。こんな時は運動して発散させないと。

二十一時を過ぎた週末のフロアは程々に混んでいた。スタッフに案内されたレーンの隣では一人の女の子がプレイ中。その後ろ姿に既視感を覚えた私はスコアを覗き見る。表示されている名前にギョッとした。

「今日も仕事帰りかい？」

こちらを振り返った女の子は、あのカミサマだった。ここに来たのは三日ぶり。前回とは曜日も時間も違うのに、まさかの再会。しかもまたお隣って。

「え、ええ。こんばんは……」

今日も白いワンピースをひらひらさせている。可愛い子だけれど、突然悩みを言い当てられた前回の事もあって苦手意識が働く。

私の教えを忠実に守ってボールを投げているカミサマの横で軽くウォーミングアップをしながら、彼女のスコアを再度覗き込んだ。今の投球は七フレーム目。得点は五十八。ミスはあるもののガーターは一つもなく、スペアを一度出している。前回と比較すれば飛躍的な進歩だ。

「上手になったね」

思わず声を掛けた。「ありがとよ！」と屈託のない笑みを浮かべるカミサマ。黙っていれば純粋そうなお嬢様なのに、口を開けた途端に粋な女の子になる。結もなかなかに個性的な子だと思っていたけれど、上には上がいるものね。

「もしかして、あれから来て練習してたの？」

「いいや。ここに来たのはあんたに会って以来だよ」

という事はつまりボウリングは今日で二回目って事？

「すごい。フォームも安定してるし、センスがあるのね」

「あんたの教え方がいいのさ」

再びボールを構えたカミサマは残っていたピンを全て倒してスペアを取った。

「そんな事ないよ。最近、妹に教えたけれど全然ダメだったから」

先月、ボウリングをした事がないと言う結を一度だけ誘った。カミサマ同様に基本を教えたが、運動神経は悪くないもののセンスが無かった。翌日に筋肉痛になったと嘆いていた結とカミサマでは既に雲泥の差が出ている。

「残念だけど、あの子はもう来ないでしょうね」

マイボールを手に構えて投げる。倒したピンは九本。次の球は残ったピンの真横をすり抜けるミス。偉そうな事は言えない。私だって好きこそものの上手なれでここまで来ただけで、決して筋がいいわけでも才能があるわけでもない。

「その妹ってのはどんな子だい？」

「年はあなたと同じくらいで、花屋に勤めてるの」

大学を辞めてまで就職した会社をリストラされ再就職も決まらないと泣きついてきた結に、私は靖成が勤めている花屋を紹介した。丁度、靖成の店では事務員の寿退社に伴い社員募集をかけようとしていたところだった。結は花に興味や関心は無かったけれど、手先が器用な事務員を求めていた店にはぴったりの人材だった。

「あんたに似てるのかい？」

カミサマは椅子に腰かけ休憩に入った。

「全然。真逆と言っていいくらい」

背が高くて、美人で、お酒が強くて、素直に泣き言が言える妹。対して私は背が低くて、お世辞にも美人とは言えず、お酒にはすぐに飲まれ、人に素直になれない。共通点を探す方が断然難しい。

それもそのはず。

「私達は、本当の姉妹じゃないから」

私と結に、血の繋がりはない。私は結の、実の姉ではない。

「子供の頃に五年くらいしか一緒に暮らしてなかったけど、今でも妹は私の事を『お姉ちゃん』って、呼んでくれてるの。だから私も姉だって名乗ってる」

優しいお父さんと料理上手なお母さん。そして可愛い妹に囲まれて幸せに暮らしていたあの頃の私には想像も出来なかった。結が他人になってしまう事も。他人になった結がずっと妹でいてくれる事も。

「……ごめん。どうでもいいこと話しちゃったわね」

ハッとして笑顔を取り繕う。いくらカミサマが結と同世代だからって気を緩め過ぎだ。よく知らない女の子相手にこんな事を話すなんて、どうかしてる。

「そんな事はいちいち気にしなくていいんだよ。口ってのは言いたい事を言って、食べたいものを食べるために付いてんだからさっ」

「……？」

ひらひらと振ってみせたカミサマの手に違和感を覚えて目を留めた。その手にはスプーンが握られている。何故スプーンが？　視線を反対の手に移すと、そこにはいつの間にかクリームのかかった黒い物体が。コーヒーを飲みながらコーヒーゼリーを食べる人なんて初めて見た。

「あんたは、その本当じゃないっていう妹の事は好きかい？」

そんなのは決まっている。

「ええ。私の大事な家族だから」

誰が何と言おうと、結は私の家族だ。

「あなたは兄弟いるの？」

「いないよ」と答えたカミサマが立ち上がる。ゼリーのカップは既に空っぽだ。

「けど。繋がりって言うのは、初めから出来てるものよりも作り上げて出来たものの方が硬い。そう簡単に引き千切れるもんじゃないって事は知ってるよ」

「……」

ボールを手に構えたカミサマが一瞬だけ神妙な表情を浮かべたのを私は見逃さなかった。何故だか小さな胸騒ぎを覚えつつ彼女の投球を見守る。文句のない助走でカミサマが投げたボールは、威力もそのままにレーンのど真ん中を突き進んだ。

「おいおい。何だいこりゃ。ちょっと見ておくれよ！　ちゃんと棒は倒したのに、得点の代わりに黒い蝶がいるじゃないか。これもファールだってのかい？」

カミサマは床を蹴り憤慨した様子で自分のスコアを指差した。

「それはストライクだよ。おめでとう。この上ない高得点」

生まれたばかりの赤ちゃんがもう歩き出すような急成長を目の当たりにする。その後もカミサマは高得点を出し続け、１００ＵＰでゲームを終えた。始めた頃は８０を超えるのがやっとだった私は舌を巻くしかない。

「もう私が教える事はないわね。今度は私が教えてもらおうかな」

「おう。あたいに答えられる事なら何でも聞きな。遠慮はいらないよ！」

あなたは何者？　知りたいような。少し、怖いような。喉まで出かかった言葉を飲み込み、代わりに私はずっと気になっていたスコアのネームを指した。

「カミサマって、何？」

私の質問にカミサマは小首を傾げた。

「あんた何を聞いてんだい」

何でも聞きなって言ったじゃない。

「聞くまでもないだろう。そのまんまの意味なんだからさっ」

今度は私が首を傾げた。

「あたいは神様だよ！」

「佐藤だよ！」「鈴木だよ！」と名乗るようなニュアンスで平然と自分は神様だと名乗るけど、同じノリで「そうなんだ！」とはなかなか言い難い。まさかの本名？　それともなんらかの宗教？　煮え切らない私の横でカミサマは専用シューズからパンプスに履き替えた。

「いいお月さんだねぇ！」

前回同様そう言い残して去っていくカミサマ。それは去り際のお嬢様用語なの？　かの有名な文豪が「I love you」の英文を「月が綺麗ですね」と日本語訳したというエピソードがあるけれど、それも何かの訳なの？　室内で月とか言われたって、どう返せばいいのかさっぱり分からない私はただ彼女の背中を見送るだけだった。

◆

大事な話がある。そう結から連絡があったのは、デスクで差し入れのお弁当を昼食に食べていた時だった。部長に「私は姉です」と名乗り出たあの日から一週間が経っていた。

こほっ。けほっ。

「大丈夫ですか、大島さん？」

通りかかった後輩に声を掛けられる。

「大丈夫。お茶で噎《む》せただけだから」

ついにこの日が来た。今夜、私の家に泊まりたいという妹に了承の返事を出し、席を外している部長にも連絡を入れる。間もなく、今日は早く帰るようにと業務命令が下った。

彼氏のプロポーズを断った。酔った勢いで自分の口から漏らしてしまったプライベート情報があっという間に社内に広がり、あーだこーだと、どうでもいい噂が根強く燻り続けているなかで定時で退勤する私を、周囲は詮索する目で見送った。


「こんばんは」

立ち寄った近所の洋菓子店を出たところで若い男性に声を掛けられる。

「……こんばんは。いつもと感じが違うから気が付かなかったわ」

上下ラフな格好でいる彼は、ちょっとした顔馴染だ。いつも見かけるのはスーツ姿だからすぐには分からなかった。

「今日は休みなんで」

表情は少し硬いけど穏やかな物腰の彼は居酒屋勤務。以前に会社の人達と彼の店に行った際、手を滑らせた彼に注文していた飲み物をかけられた。必死に頭を下げて謝る彼は、見たところ結と同い年くらいなのに店長だと言う。頑張っている姿に、つい応援したくなった私は一切のクレームを出さなかった。

「お買い物ですか？」

ご近所さんだろうか。度々見かけては声をかけてくれる。

「ええ。妹がね、遊びに来るって言うから」

「妹さんがいるんですね」

「休日はしっかり体を休めてね、店長さん。良かったらこれどうぞ」

洋菓子店で貰ったオマケのクッキーを渡す。甘さ控えめだと店員は言っていたから男の子だってきっとおいしく食べられるだろう。

「ありがとうございます。またぜひ、うちの店にも来てください」

笑顔で手を振りその場を離れたけれど、お酒は苦手だし、あの件で「大島さんは若い子に甘い」と周囲に揶揄われてしまってからあの居酒屋には行っていない。今後も行く事はないと思う。店長さんも「来てください」は社交辞令だろうから気にする事はないか。それより今は結だ。茶葉とコーヒー豆も買っていこう。普段は買わないような、ちょっとお高い物を特別に。結が私の家に泊まりに来てくれるのは、これが最後になるかもしれないから。

翌日。早朝から出張に出ていた部長が帰社早々に私を会議室へ呼び出した。定時を二時間過ぎたオフィスには数人の社員が残っている。

「部長。おかえりなさい。A社の件でしたら問題なく――」

「いやいや、絵麻ちゃん。それより大事な話があるでしょ?」

「……妹の事でしたら、わざわざ会議室でご報告するまでもありませんが」

「気になって仕方がなかったよ。こんな日に限って一日外なんだもんなー」

それでいてちゃっかり大型契約を結んでくるところは流石です。

「あの子は全部、話してくれましたよ」

心配になってしまう程に顔を真っ赤にしながら、結は部長と付き合っている事を話してくれた。驚いた事に部長を私の彼氏と勘違いし、私を心配して部長を偵察していたという。そうしているうちに部長の人柄に惹かれていったらしい。まさか私の知らぬ間に妹がストーカー化していたとは夢にも思わなかったけれど、それよりも結の方から部長にアプローチをかけたというから更に驚いた。生まれて初めて恋をした結は、大きな一歩を踏み出していた。

「そっか。良かった。実は前日に俺も結ちゃんから聞けたんだ。二人の姉妹関係の事」

「そうでしたか。部長。改めまして妹の事、よろしくお願いします」

「こちらこそ。よろしくお願いします。お姉さん」

「お姉さんはやめてください」

部長には感謝しなければ。ウサギのヌイグルミに囲まれている時が一番幸せだと言っていたあの結が別の幸せを見つけた。昨夜の結はとても可愛くて、あんな妹を見る事ができたのも結の気持ちを受け入れてくれた部長のお陰なのだから。

「ところで絵麻ちゃん。結ちゃんの部屋にいる……タヌキの事って、何か聞いてる？」

「……？　ウサギの間違いでは？」

「あ。いや。聞いてないならいいんだ……」

部屋にいる？　タヌキが？

「タヌキがどうしましたか？　あの子のアパートはペット禁止のはずですが」

「ヌ、ヌイグルミだよ。うん。ほら結ちゃんいっぱい持ってるでしょ。百個以上はあったかなー。女の子ってやっぱり好きなんだねヌイグルミ」

「あの子の場合は少し度が過ぎてますけどね」

数えるのも嫌になるくらい沢山のウサギのヌイグルミを所有し、その一つ一つに名前まで付けているウサギ大好きっ子の結が、タヌキを持っているなんて知らなかった。

これからもきっと部長は、私の知らない妹を見ていくのだろう。

残業居残り組をご飯に連れて行くと言う部長のお誘いを丁重にお断りし、退勤した私は真っすぐにボウリング場に向かった。

二度あることは三度ある。これは、物事は繰り返されるという意味を持つ言葉で、私は主に失敗を繰り返さないようにと後輩達に注意を促す際に使用している。

「また会ったね。二度ある事は三度あるっていうからね！」

私のレーンの隣でプレイ中だったカミサマが、呆然と立ち尽くす私を振り返ってニッと笑った。今日も白いワンピースをひらつかせているカミサマのスコアにはストライク三連続成功の証が刻まれている。

「嘘でしょ……」

どうしてここに来る度に隣にいるのか。どうしてターキーなんて出せているのか。

「どうしたんだい？　棒みたいに突っ立っちゃってさ」

「もう、どっちから驚けばいいんだか……」

「悩むくらいなら驚くのをやめたらどうだい？」

「……そうね。そうするわ」

事実は小説より奇なりなんて言葉もある。この不思議ちゃんの事はいちいち気にしても切りがなさそう。カミサマより五回遅れで私もゲームを開始した。

私が八本倒せばカミサマは九本倒す。私がミスを出せばカミサマはスペアを取る。私がスペアを出せばカミサマはストライクを出す。

「あなた、ボウリングは今日で何回目なの？」

カミサマに会うのは四日ぶり。その間に猛練習でもしたのかな。

「三回目だね」

嘘をついているようには見えないけど、カミサマの証言と目《ま》の当たりにする実績が噛み合わない。これが天才というやつですか。

ここに来る度にカミサマはプレイしている。でもそれって逆を返せば、カミサマはここに来る度に後から私がやって来るという状況だ。それなのに驚いたり不思議がったりと動揺する様子を微塵も見せない。

「これで最後だよ！」

カミサマの投げたボールは若干速度が落ちて疲れが見えたが、終わってみればゲームの結果は２００UP。参りました。

「すごい。女の子でこの点数はなかなか出ないわ」

「えっへん。どんなもんだい！」

どや顔を決めたカミサマがシューズからパンプスへ履き替える。「お疲れさま」と声を掛けてから、私はボールを構えてプレイに戻った。密かにカミサマと張り合っていたお陰で調子が上がってきたところだ。

本日初めてのストライクを出して「よし」と拳を握ったところで、カミサマがまだ帰っていない事に気が付く。隣のレーンは既にゲームを終了しているが、カミサマは椅子に深く腰かけてオーディエンス化していた。コーヒー片手に何か黒い物体を食べている。ここからではよく見えないけれどコーヒー味の何かであることは想像がつく。

まだ帰らないの？　という私の視線に気付いたカミサマは「休憩だよ」と手を振って見せる。私の事は気にせずどうぞ、という意味だろうけど。気になるから。

「あんたの投げ方は流石に上手いもんだねぇ」

「天才に言われると複雑だけど、ありがとう」

「天才？　違うね。あたいは神様だよ！」

この子なら本当にボウリングの神になりかねない。

「あんたの投げる球には迫力があるんだよ」

「私のボールはあなたのより重いからね」

徐に立ち上がり歩み寄って来たカミサマの手に握られているのは、どうやら中華まんのようだ。包み紙には「コーヒーまん」の文字。黒い皮の中に更に黒いクリームが入っている。コーヒー味の中華まんなんて初めて見た。美味しいのかな。

「……前にも言ったけど、重いボールはコントロールが難しいの。でも速度や威力が格段に上がる。あなたも、そろそろ今より少し重いボールに挑戦してみてもいいかもしれない」

コーヒー片手にコーヒーまんを齧るカミサマが眉を顰めた。

「前に一度だけあんたの球を持ったけどさ。あんなの重過ぎて手首を痛めちまいそうだよ。あんたは平気なのかい？」

そういえば初めて会った日に私のマイボールを間違えて持っていこうとした時があった。

「自分の指に合わせた穴を開けたり、滑り止めのテープ張ったり、色々と工夫しているから意外と大丈夫よ。試しに投げてみる？」

「やめとくよ」と、首を横に振ったカミサマは今度こそ帰るかと思いきや再び椅子に腰をかけ、結局最後まで私のゲームを観戦していった。得点はまずまずと言ったところ。もう一ゲームしていきたい気もするけど明日も仕事がある。無理は禁物。ボウリングは見た目以上に運動量があるスポーツだから長く楽しく続けるためにもワンゲームと決めている。

レーンを離れて休憩スペースに移動する私にカミサマはついて来た。ソファーとテーブルのセットの横に最新号の雑誌が揃っているマガジンラックが設置され、種類豊富なドリンクの自動販売機が二台並んでいるスペースは貸し切り状態だ。スポーツドリンクを買った私の横でカミサマは缶コーヒーのボタンを押した。私もコーヒーは好きでよく飲む方だけどカミサマは一体、一日で何杯のコーヒーを飲んでいるんだろうか。

「ボウリングってのは、けっこういい運動になるもんだね」

「そうでしょ。いい汗かいてスッキリするし。ダイエットにもなるよ。って、あなたには必要なさそうね」

私と向かい合うようにして細身のカミサマはソファーに座る。

「その割には、あんたはスッキリとはいってないじゃないのさ」

「……そうね。私が言っても説得力ないよね」

平均値でごめんなさいね。

「今日の調子の事だよ。あんたのたるんだ二の腕や太い足の事は言ってないからね！」

それ十分言ってるから。

「あなたの得点には及ばないけど、あれでも私には可もなく不可もなく。いつも通りよ」

「そうかい？　あんなため息ついちゃってさ」

私、またついてたのため息？　まったく記憶に無い。

「まだ彼氏の事、迷ってるんだね？」

「またそれ？　違うから。そんなんじゃなくて……」

脳裏に浮かんでいるのは、照れながらも嬉しそうに話していた昨夜の結の姿。

「……妹がね。昨日、彼氏ができたって報告してくれたの」

「僻《ひが》むのは良くないね。みっともないよ」

「違います」

カミサマには私が不幸な女に見えているのかな。

「妹はね、それまで恋愛に全く興味を持たなかった子で。初めてできた彼氏なの。相手は私もよく知ってる人で、一見チャラいんだけど信頼はできる。自分の事みたいに嬉しくて」

市場の花の仕入れを手伝いに行くから早起きをすると言っていたくせに、昨夜の結はなかなか眠ろうとはしなかった。自己管理の無さに呆れつつも夢中になって部長の話をする結が可愛くて私もつい止められなかった。おかげで今朝はなかなか起きられない結をベッドから引きずり出すのに苦労した。

「でも。正直に言えば……寂しいかな。ちょっと……」

そう呟いてため息を零した途端にハッと我に返る。私、何を口走っているんだろう。

見るとカミサマはぐびぐびと喉を鳴らしてコーヒーを飲んでいた。

「ごめんなさい。今のは忘れて。……そうだ。実は私も神様なの」

「何言ってんだい。どう見たってあんたはただの人間だよ」

あなたが言いますか。

「勿論、人間だけど。妹にそう呼ばれてた時があったの。昔の話」

困った事があるとすぐに「かみしゃまー」と私を呼んでいた。

「昔も今もあたいは神様だけどね。あたいの髪、さまになってるかい？　なんてね！」

「……さぁ。もう帰りましょう」

いきなり寒いダジャレをぶち込まれたのはさておき。これ以上長居するとどこまでも話してしまいそうだ。今まで誰にも話した事がなかった事までカミサマには話してしまっている。胸の内を見透かされているようで怖いと思っている反面、一緒にいると何故か安らげるカミサマに、もっと私の話を聞いて欲しいなんて厚かましい欲求に駆られてしまいそうになる。一体どうして。

「いいお月さんだねぇ！」

立ち上がったカミサマは、やっぱり今日もそう言い残して去っていった。

会員制ロッカーで着替え終えた私は、ふと思い出したように窓から夜空を仰いだ。

「……微妙」

そこには雲に隠れて霞んでいる月がふわふわと不確かに浮かんでいた。


自宅に戻るとシャワーを浴びて早々にベッドに入ったが、なかなか眠れなかった。温かい布団から出るのを少しためらってから諦めて寝室を出て、キッチンへ向かいホットミルクを作る。

少し暖め過ぎたミルクに息を吹きかけ冷ましながら飲んでいた私の目が、棚の隅に押しやられているフォトフレームに吸い寄せられた。思わず手を伸ばしたそれは、着物を着ている私の写真。懐かしい。忘れもしない成人式の写真だ。九年前の記憶が脳裏に蘇る。

『馬子にも衣裳だなぁ』

そう言って慣れないカメラを構えた私のお父さんは反発する私に笑ってこう言った。

『今度はウェディングドレスか。いつ見られるか分からないけど、カメラを練習しておかないとな』

私がそんな物着たらきっと大号泣で写真どころじゃなくなりそう。と、成人した娘の姿に目を潤ませているお父さんに向かい呆れたように笑った。

お父さんが亡くなったのはこの写真を撮ってから三年後の冬。急性肺炎だった。

「ごめんね。お父さん……」

なかなか嫁に行かない私に、きっと天国で気を揉んでいる事だろう。再び棚の隅に写真を押し込み、寝室に戻る。ベットの横にはサイドテーブル代わりにしている椅子。結婚するのかしないのか。二つに一つの答えを出すのは自分なのに、全く先が見えない。この椅子がこのままサイドテーブルになるのか。それともダイニングテーブルに戻って再び靖成が座る椅子になるのか。

変わろうと決心したはずなのに怖気《おじけ》づいている。しっかりしなければと思う程に追い込まれていく。妹の幸せを心の底から喜べない自分に失望し、自己嫌悪ばかりが手元に残っていく。ベッドに潜り込んだ私は現実から目を逸らすように瞳を固く閉ざし、考える事の一切を手放していつしか眠りについた。

◆

「部長。今日はK社から直帰ではありませんでしたか？」

遅い夕食を近くのカフェで済ませて戻ると、誰もいないはずのオフィスに部長の姿があった。

「お疲れ絵麻ちゃん。用事思い出して戻って来たんだけど。みんなもう帰ったんだねー。俺に手伝える事ってある？」

「ありがとうございます。あと少しで切りが付くので大丈夫です。それより、よろしいのですか。今日は水曜日ですが、お忘れじゃありませんか？」

水曜日は結の定休日。手の込んだ料理を作ると張り切っていた妹は今、部長が来るのを心待ちにしているはず。

「忘れてないって。結ちゃんの手料理が楽しみで飲食街の誘惑にも屈しなかったからね。でもお姉さん一人残して帰るわけにもいかないでしょ」

私が残っていることを誰かに聞いて戻って来ましたね。もう少し残っていくつもりだったが諦めて部長と一緒に会社を出た。食事も一緒にと誘われたけれど「デートなので」と断った。同じ職場とはいえ靖成の性格上、今の状況を結に話す事はないだろうし、私も話すつもりは無い。嘘までついて悪いとは思うけれど、結に心配をかける事だけは避けたい。

自宅に帰って仕事を片付けるつもりでいたのに気が付けば違うバスに乗り込んでい

た。しまった。降りなくちゃ。この時間帯の乗客は少ないから各停留所止まりにはならない。慌てて降車ボタンを押した。うっかり乗り間違えるなんて今までした事ないのに。これは昨日も乗った、ボウリング場へ向かうバスだ。間もなく次の停留所にバスが停車して一人の男性が降りた。私も降りなきゃ。

「………」

扉が閉まります。と、アナウンスが流れて降車口がパタリと閉まり、バスは再び発車した。降車ボタンを押したはずの私はまだバスに乗ったままだった。降りようと思っても足が動かなかった。

分かっている。本当はボウリングに行きたい気分である事は。今日はどうも意思に反して衝動が強い。ここまで来たら仕方ない。浮かせていた背中を背もたれに預け、大人げなく衝動に従う事にした。

ウエアに着替えてレーンに着く。隣でカミサマがプレイしていても、そんな気はしていたからもう驚かなかった。

でも、これは流石に……。

「……嘘でしょ」

驚かずにはいられなかった。すでにワンゲームの殆どを投げているカミサマのスコアには今まで見た事もないミラクルな形跡が表示されている。

「八連続ストライク⁉」

「これで九連続だよ！」

またもやストライクを決めたカミサマが拳を突き上げて振り返った。

「あんたの言う通りに少し重いボールに替えてみたんだよ。でもやっぱり難しいもんだね。あんたみたいにスーっとしてダーって投げるのはさ」

ナインス決めた人のお言葉とは思えませんが。本当にこの子、先週まで投げ方も知らなかった、あのカミサマなの？　神様というより怪物なんだけど。

その後もストライクを出していくカミサマに、自分のゲームも忘れて見入ってしまった。気付けば十一回連続ストライクのイレブンス達成。見物人が集まりだしたなかで迎えた十二回目。固唾《かたず》を飲んで見守ったが、カミサマはいとも簡単にこれを制し、見事パーフェクトを達成させて拍手が巻き起こった。

「うわ。ガチでパーフェクトゲームじゃん！」

「マジでスゲぇ！」

「３００初めて見たぁ！」

「神ってる！」

スマホを手にカミサマを囲う人だかり。人気タレント宛《さなが》らに快く撮影に応じるカミサマはその名の通り神の名を欲しいままにした。ワンピース姿にハウスボールであっさりとパーフェクトを出した神の隣で、ウエアを着てマイボールを持つ私にも注目が集まりだす。

「あんたもボウリングしに来たんだろ。ちょいと騒がしいけどさ、構わずやっておくれよ」

「……今日は、いいかな」

やりづらいわ。

騒ぎの中をしれっと抜け出して休憩スペースへ退散した。一度もボールは投げていないのに肩が強張っている。当然だ。あんなすごいの見せられたら誰だって興奮する。今日はもう投げる気にはなれないけれど、ここで少し休憩してから帰ろう。

「パーフェクト達成記念とやらで今日はタダだってさ。こりゃ得したねぇ！」

しばらくすると撮影会を終えたカミサマが缶コーヒーを片手にやって来て隣へ座った。

「なんだい、こんなところに腰据えちゃってさ。やらないのかいボウリング？」

「ええ。あなたのゲームが圧巻で、今日はもう満足」

今日もその手に中華まんを持っているが昨日のコーヒーまんとは少し色が違う。薄茶色の皮の中に、更に薄茶色のクリームが入っているのが見える。想像はつくけど一応包み紙を確認すると「カフェオレまん」の文字。カミサマは想像を裏切らない。

「お腹空いてんのかい？　だったら半分やるよ」

「ありがとう。でも、そんなつもりで見てたわけじゃないから」

「遠慮はいらないよ。ほら。受け取りな！」

カミサマは半分に割ったカフェオレまんを強引に私の手へ押し付けた。

「あたいの事なら気にするんじゃないよ。まだたくさん持ってるからさっ」

そう言ってジャケットのポケットから次々と黒い何かを出して見せる。コーヒー味のガム。コーヒー味のチョコレート。コーヒー味のクッキー。コーヒー味のマカロン。コーヒー味のマシュマロ。コーヒー味の――

「も、もういいわ。分かったから。そんな小さなポケットにどれだけ詰め込んでるのよ手品師じゃあるまいし」

「誰が手品師だって？　あたいは神様だよ！」

常套句《じょうとうく》を決めたカミサマは残りのカフェオレまんを一口で食べきった。

「早く食べなって。冷めちまうだろ」

「……いただきます」

結局受け取ったカフェオレまんを頬張る。甘いのかと思いきや、しっかりミルクとコーヒーの味が効いた本格的な味に少し驚く。

「美味しいわね」

「だろっ！」

ニッと歯を出して笑うカミサマを見て私は気が付いた。私は、本当はボウリングがしたくてここに来たんじゃない。カミサマに会いたかったんだ。どうしてだろう。

「ねぇ、あんた。また妹を誘ったらどうだい？」

「妹を？　どうして？」

「今日のあんたは寂しそうだよ」

「……一人なのはいつもの事だけど」

ボウリングはいつも一人で来る。始めた時っからずっとそうだ。なのに何故だろう。カミサマと二人で居るのに今の私は、初めて寂しいと感じている。カミサマはお見通しなのね。

「……聞いてもらっても、いいかな。カミサマ」

「合点承知《がってんしょうち》の助《すけ》っ。何でもあたいに話しな！」

きっと私はこのカミサマに話を聞いて欲しくて、ここに来たんだ。求める心に素直に従い、私はここに辿り着いた。この際必要のない意地や恥は捨てて話してみよう。結にも靖成にも話せない胸の内を知り合って間もない女の子に曝《さら》け出そうとしているのに、不思議と気持ちは落ち着いていた。

「私が、あの子の姉になったのは十歳の時。妹はまだ二歳だった」

缶コーヒーを飲みながらカミサマはその目にしっかりと私を映している。

「私の父と、妹の母は連れ子がいる同士の再婚だったの。最初は、私は父の再婚に反対だった。本当の母が亡くなって三年が経とうとしていたけれど、時間は全く解決してくれなくて……」

忘れたいという思いが強まるほどに焼き付いてしまった遠い記憶が過る。

あの日は豪雨だった。体が小さかった私は大きな傘にしがみつくようにして下校したが、お母さんが待っているはずの家には鍵がかかっていて入れない。いくら呼んでもお母さんは出てこない。仕方なく玄関先にしゃがみ込んで待っていたところに近所の人が慌てた様子で駆け込んできた。『絵麻ちゃん、お母さんがっ……！』いつもにこにこしているおばさんの、初めて見る悲痛に歪んだ顔。恐怖心から咄嗟に心の耳を塞いでしまった私は言葉の続きを上手く聞き取れなかったけれど、お母さんの身に何かあったんだという事だけは分かった。不安で足が竦んだ。

お母さんは、私を心配して迎えに出た先で事故に巻き込まれていた。すぐさま病院へ運ばれ処置を受けたものの意識が回復しない状態が続き、一度も目を開ける事無くそのまま息を引き取った。

「新しい母のいる生活は、本当の母がいない現実を余計に色濃くした」

優しくされる度に本当の母に会いたくなって、寂しくて、悲しくて、辛かった。

「そんな私を救ってくれたのが、妹だったの」

二歳の結はいつも笑っていた。

家にいる間は常に私のそばから離れず、私が辛い時ほどよく笑う。単語がいくつか言える程度で意思の疎通も出来ないのに、結は私の誰にも言えない気持ちを感じ取っているみたいだった。結の存在は私の中でだんだんと大きなものになっていった。

「妹がいたお陰で新しい生活にも馴染《なじ》めて、寂しさも忘れられた」

いつしか可愛い妹が出来た事を心から喜べるようになっていた。

「妹がいる毎日が楽しくて嬉しくて。妹を見せたくって家に友達もたくさん呼んだ」

転校してから友達も作れずにいた私が、気が付けば友達に囲まれて笑っていた。

「本当の母の事は忘れられない。それでも新しい家族とは幸せに過ごしていたの。でも、そんな幸せも長くは続かなかった」

看護師として忙しく働く結のお母さんに、お父さんは子供達のためにも家庭に入って欲しいと望むようになった。二人は私達が眠りについた夜に喧嘩をするようになった。次第に回数が増していく二人の言い争い。隠れて見ていた私の胸は不安でいっぱいだった。

「妹と一緒に暮らせたのは五年だけ。それでも別れは、辛かった」

中学二年の夏休みが始まる頃、私はお父さんと家を出る事になった。嫌だと駄々をこねて泣きじゃくる六歳の結に、私は精一杯の笑顔で別れを告げた。泣かないと決めていたけれど、結と過ごした東京があっという間に遠のいていく新幹線の中で堪えられずに嗚咽《おえつ》した。あんなに泣いたのは、お母さんが死んでしまった時以来だった。

「若いうちから実母と別れ、心通わせた妹とも生き別れになっちまったんだね。あんたみたいな寂しがり屋が、よくグレなかったもんだよ」

変に気を遣わず思った事をそのまま口に出すカミサマだからこそ、話せるのだと思う。

「グレてやろうかと思った時も、ちょっとあったかも。でも後になって考えたら再婚も離婚も、父が私のためにしたことだって分かっていたから、それは出来なかったな」

病弱だった私は何度も結のお母さんに助けられた。お父さんが再婚相手に看護師を選んだのもきっと私のため。名古屋に舞い戻り再び二人家族になった私達だけれど、家事は分担するなど二人で協力して暮らし、それまで以上に絆《きずな》は強まったように思う。

「娘思いの良い父親なんだね」

「ええ。今もきっと天国から私の事を見守ってくれていると思う」

こんな私を見てさぞかし心配しているだろう。

「亡くなったのかい？」

「六年前に」

もうそんなに経つのね。自分で言っておきながら時の経過に戸惑う。父との最後は昨日の事のように思い出してしまう時もあるというのに。

「大切な人達との別れは、辛いなんて一言ではとても収まらないくらい辛い」

身を引き裂かれるような痛みが、実際には無傷の体に根強く刻まれている。

「私にはプロポーズしてくれた彼氏がいるのに、返事が出来なくて困ってる。カミサマに言い当てられた時は本当に驚いて、耳を疑ったわ」

『彼氏からのプロポーズを仕事を理由に断ったけど、仕事は辞めなくてもいいって条件で再三結婚を迫られて返事に困ってる』初めて出会った日に、カミサマはまるで私の心を読んだように悩みの詳細を言い当てた。

「彼の事を思う気持ちが強く深くなるにつれて、将来的な希望も持つようになって。実際に彼から『結婚』という言葉を耳にしたときは嬉しかった。でも、私は拒んでしまった。仕事を続けたいって思ったのは事実よ。でも、……それだけじゃない」

そのようだね。と、頷くカミサマ。音楽が流れるなかピンが倒れ歓声が沸きアナウンスが響く。休憩所もまた静かとは無縁な場所だが、決して大きくはない私の声をカミサマの耳はしっかり拾っているようだ。

「別れを経験する度に私の心は大きく削られていった」

意識のないお母さんの絶望的な病室。幼い妹の泣き顔が離れない新幹線の車内。号《ごう》哭《こく》が響く消えない傷。

「自分の中にぽっかりと穴が開いて、そこに段々と寂しさばかりが積もっていった」

まるで雪のように静かに冷たく降り続くそれは確実に積もって氷のように固まっていく。

「身動きが取れなくなって、もう駄目かもしれないって思った時。妹が、また私を助けてくれたの」

最初は手紙だった。離れ離れになったあの夏が終わった頃に届いたのは、ひらがなばかりで読みづらかったけれど私に会いたいという気持ちを精一杯に伝えてくれた一枚のウサギの便せん。事情も知らずに気持ちをストレートにぶつけてくる結が愛おしかった。それまではお父さんに遠慮して連絡を諦めていたけれど、私は堪らずペンを手に取った。返事を書いていると胸が温まって氷が解けていくのを感じた。これをきっかけに私と結は連絡を取り合うようになった。

「クリスマスにはカードを。誕生日にはプレゼントを。特別な日じゃなくたって手紙を書いて。電話やメールもした」

妹思いの姉？　いいえ。違う。私は――

「私にとって妹は救いの存在だった。そんな妹と私は繋がっていたくて、姉であり続けたくて必死だった」

私は寂しかった。一人じゃない。そう思いたかった。

「私は妹を、利用していた。寂しさを、塞がらない傷を癒すために必要だった」

体の芯まで染み込んできそうな重くて冷たくて痛みを伴う寂しさを払拭《ふっしょく》するためには、結の存在が必要不可欠だった。

「妹に彼氏が出来て、あんたは寂しいって言ってたね」

それまでじっとして私の話に耳を傾けていたカミサマが、真意を問うように口を開いた。

「妹を取られてしまうと焦りを感じた。妹が私から離れてしまう。そう考えただけで怖くなった。それと同時に私は自分の心配ばかりで、自分がどれだけ妹に依存していたか、どれだけ身勝手だったかを自覚して、悲しくなった」

心のどこかでは部長の事を、私達姉妹の障害物のように思ってしまっていた。実際に障害物だったのは、二人の事を心から祝福出来なかった私の方だ。

「もう、妹をボウリングに誘う事はない」

私はもう結の神様ではいられない。

「大切な人を利用するのは、もう終わりにしたい」

寂しさを結で埋めるのは、もう終わりにしなければいけない。

「そこへきてのプロポーズってわけだね」

最初にプロポーズをされた時は、ただ本当に仕事を辞めたくないという思いが強かっただけだった。でも、今は違う。今の私には靖成の気持ちを受け止める資格がない。

これが最後になるとも知らずにお父さんと談笑したリビングルームの光景が頭から離れない。寂しさは私から離れない。

「知ってしまった失う事の怖さと寂しさは、いつまでも私に付き纏う」

結を思う度に。靖成を思う度に。いつかは来る別れを思う度に。寂しさは不安と手を組んでどこまでも私を追ってくる。

「彼のプロポーズは受けたい。でもそれは……。妹の次は彼を、やっぱり利用したいっていう気持ちがある事を否定できない」

今度は靖成を寂しさから逃れる道具にし、不安から逃れる盾にしてしまうのではないか。

「そんな最低で情けない自分を、認めたくなかった」

望んでいたプロポーズなのに首を縦に振ることが出来なかった。

「一人は寂しい。だから誰かを求めてしまう。私は結局、誰かを利用しようとしてしまう。そんな自分が許せなくて」

結も靖成も踏み出したのに、私だけが立ち往生しているのが情けなくて。

「それじゃあ、あんたは一人で生きていくってのかい？　そんな覚悟もないんだろう？」

その通りなのでこくりと頷く。今だって一人で抱えきれなくなった胸の内を誰かに打ち明けたくて、何処の誰とも知らない年下の女の子の袖に縋っているのが現状だ。

「ひとつ聞きたいんだけどね」

ぐいっと缶コーヒーを飲み干したカミサマが私の目を覗き込んだ。

「相手を利用するってぇのは、そんなに悪い事なのかい？」

問いかけるカミサマは不思議な瞳をしている。吸い込まれそうなくらい澄んでいて思わず見惚れてしまいそうになるのに、まるで底なし沼のような深さに身が竦む。

「自分の利益のために相手を使うなんて良くないでしょ」

「そうかい？　あたいは、そうは思わないけどね」

カミサマはきっぱりと首を振った。

「あんたが相手を必要とするのと一緒で、相手だってあんたを必要としてるんだ。人間は孤独な生き物だよ。互いに必要として互いに利用し合う事のどこが悪いってのさ？」

善悪とか正邪とか、いろんな価値観の中では倫理も曖昧なものだ。学校で習った道徳も所詮は最低限の人であるためのマニュアルであり、必ずしも実用的ではないのだと社会の中で学んだ。

「悪いよ。私の気分が」

法に触れているわけでもない。人を傷つけているわけでもない。でも、私にとってそれは好ましくはない。

「私の人格に反してる」

「出来もしないのに完璧主義ってのは難儀だねぇ」

「同感よ。変わりたいのに変われない。それならいっそ一人でいようと投げやりな気持ちになっても結局はそれだって出来ない」

仕事に明け暮れても、ボウリングに夢中になっても、人を失った寂しさはやっぱり人でないと埋められない。誰だって、誰かの恩恵を受けて、誰かに迷惑をかけて、誰かのためになっている。どんな人だって誰かと繋がっている。そうやって私も社会の中で生きている。でも、結も靖成も大事な人だからこそ手段にしたくはない。

「要はあれだろ。こそこそと利用するのは気が引けるってんだろ。だったら堂々と正面切って『利用させてくださいな!』って言っちまえばいいじゃないのさ」

「開けっ広げにも程があるよ」

開き直るなんて余計に気分が悪い。

「かまうもんかい。あんたも相手に利用されりゃあいいんだ。ギブアンドテイクだよ。おあいこでお互い様。持ちつ持たれつってね」

通り縋りのカップルに「ほら、あの子だよ。パーフェクトゲームの」と指を差されたカミサマは気前よく手を振り返してから続ける。

「だいたいあんたは考え過ぎなんだよ。折角両足付いてんだ。足踏みばっかかで地面固めてないでさ、やりたいように素直に進みたい方向へその足出したらどうなんだい」

カミサマは早口だけど、その一言一言が確実に胸に刻まれていくのが分かる。行き着きたい場所を見据えている頭が言葉を拾い、すとん。すとん。と、一つずつ心に訴えるように投げ落としていく。

調子に乗ったカップルがカミサマを背景にスマホで自撮りを始めた。ポーズでもとって応えてあげるのかと思いきや、カミサマは完全にそれを無視してポケットから取り出したチョコレートを食べだす。二人の間にふわりと漂う甘いコーヒーの香り。カミサマは素直というよりも自由の代名詞のような子だと思う。

「見てごらんよ。いい月だねぇ！」

顔を上げたカミサマの視線を追う。丸く切り抜かれた窓。その向こうには光に満ちた満月が浮かんでいた。

「……本当ね」

視界の隅にいるカミサマは座ったままでいる。あれ。帰らないのかな。

「あんたの彼氏も今頃、このお月さんを見てるかもしれないよ」

「どうかな」

花は愛でても夜空を眺めるようなロマンチストではない靖成にも、見てほしいと思わずにはいられない程に今日の月は綺麗だ。

「ごめんなさいね。こんな話に付き合わせて」

でも。話してよかった。会えてよかった。ここに来たのは正解だった。カミサマでなければきっとここまで話せなかった。事態が変わったわけではないけれど誰かに話す事で見失いそうになっていた今の自分を見つめ直せたように思う。認めたくない自分から逸らしたままだった視線を上げる事は出来た。

「さぁ。帰りましょう」

立ち上がった私の目が、数メートル先の受付に立っている二人の人物に留まる。

「……っ！」

咄嗟にラックから雑誌を引っ手繰ると再び椅子に腰かけ、開いた雑誌で顔を隠した。

「何だい。帰るんじゃなかったのかい？」

「……ごめん。妹が来てるの。もう少しこのままでいてくれる？」

私の頭はパニック寸前だった。受付にいる背の高い男と、モデルみたいにスラリとした女性は間違いなく部長と結だ。何故二人がこんなところに？　結の部屋で手作りディナーデートじゃなかったの？

「あんた。それじゃ顔が見えないよ。隠れてるみたいじゃないのさ」

「隠れてるのよ。今日はデートだって言っちゃってて――」

受付を終えた二人がこちらに向かって歩いて来る。

「やだ。どうしよう。カミサマお願いだから暫く話しかけないでじっとしてて」

どうか気付かれませんように。ここで雑誌が逆さまであることに気が付いたけれど、もう直せない。二人はすぐそこまで来ている。

「何をこそこそする必要があるのさっ」と、カミサマが苛立《いらだ》たしく立ち上がる。そして、こちらに向かってくる二人に「おーい」と手を振り出した。私は悲鳴にならない悲鳴を上げる。

「あんたの妹、名前は何て言うんだい？　呼ぼうにも名前が――」

「お願いだから座っててぇ！」

出来るだけ最小限の声で叫ぶ。恐る恐る雑誌から顔を出してみると、二人は「おーい、妹ぉ！」と、手を振り続けるカミサマを一瞥《いちべつ》して通り過ぎて行った。

「何だい。無視することはないだろ。あんたの妹ってのは感じが悪いね」

「……人違いよ。あれは妹じゃない」

カミサマが手を振っていたのは赤の他人だ。その後ろから現れた結と部長に、私は再び顔を引っ込めた。

「いいねボウリング。結ちゃんの料理は美味いからつい食べ過ぎちゃってさ。いい腹ごなしだよ。結ちゃん上手いの？」

「それが全然ダメなんです。だから練習をしてですね、上手になりたいんです」

上手になりたい？　筋肉痛になってわんわん泣きごと言っていた結が？　二人の様子は見えないけれど声ははっきりと拾うことが出来た。

「こんな事言うと引かれちゃうかもですが。実は、お姉ちゃんに彼氏がいるって知った時、モヤモヤしたんです。あの頃は崇司さんの事をお姉ちゃんの彼氏だと勘違いしていて……」

「うん。前に話してくれたね」

「あの、崇司さんが少々……チャラく見えたものですから……」

「うん。よく言われる」

「お姉ちゃんには相応しくないと思っていて、ですね。でも、今思えばきっと私は、彼氏にお姉ちゃんを取られちゃうと思って、寂しかったんだと思います」

お姉ちゃんを取られちゃう。結の言葉が、必死で気配を殺している私の胸を突く。

「それで嫌悪感を持ったり、執拗《しつよう》に後をつけたりしてしまって。本当にすみませんでした」

「済んだ話だよ。気にしない。気にしない」

「ボウリングはお姉ちゃんの趣味なんです。この前初めて誘ってくれて。だけど私、全然下手で。だからですね、上手になってまたお姉ちゃんにボウリング誘ってもらいたいんです。それから――」

その後は聞こえなかった。遠ざかっていく二人の声。

「あのさ。もしかして今のがあんたの妹かい？」

頷いた私にカミサマは目を丸くした。

「こりゃ驚き桃の木山椒《さんしょ》の木だね。いくら本当の姉妹じゃないからって魂消《たまげ》ちまう程似てないじゃないのさ。月とスッポンとはこの事だね。声かけそびれちまったよ」

「似てなくて良かったわ」

ゆっくりと雑誌を下ろす。二人は、ここから離れた隅の方のレーンへ異動していった。

「妹、またあんたとボウリングをやる気のようだよ。やっぱり姉妹なんだね。言ってる事が一緒じゃないのさ」

「だから、あたいは言ったんだ。作り上げて出来た繋がりは、そう簡単には引き千切れないってね」

「…………」

いつの間にか買ったらしい缶コーヒーを片手にガムを食べだしたカミサマは、コーヒー色の風船をぷくーっと膨らませた。

泣きじゃくる妹に手を振って別れたあの日から私は結の姉ではなくなったのに。それでも結はずっと私を「お姉ちゃん」と呼び続けて、頼りになる恋人ができた今もこうして私と繋がろうとしてくれている。同じように必要としてくれている。

本当の姉でも、本当の神様でもない私を。

『ゆいちゃんのところに神様は来ないよ』

四歳になったばかりの結に私はそう言った。神様に会いたいと願った幼い妹。でも私は知っていた。神様なんていない事を。

お母さんの目が開きますように。私が瞳を覗き込むとお母さんはいつも嬉しそうに笑った。もう一度その目に私の姿を映したい。毎日毎日、神様にお願いした。でもお母さんの笑顔はもう二度と見る事は出来なくなった。願いは叶わなかった。だから、神様なんていない。そう思っていた。

『ゆいちゃんには私がいるから』

そう言って誤魔化したけれど――

「でもさ、あんた。嘘はよくないよ」

カミサマは、いた。

「行ってきな。今から彼氏に会えば嘘にはならないだろ！」

喋った拍子にしぼんだ風船を口の中に戻す。

「一人であれこれ考えて、そんな不自由なだけの足枷《あしかせ》に何の意味があるってんだい。そんなもんは捨ててさ、待ってる男のところに行っておいでよ。女は愛嬌《あいきょう》だよっ」

背中を叩かれるように押されて思わずよろけた。細い腕して何て力だろう。

「妹を見習いな。あの子は上手くやってるじゃないか。あんたの言う利用ってのはさ、裏を返せばあんたの理想。あんたが相手に心を許して信頼出来てるって証じゃないのかい？」

「…………」

無言で頷いた私は、部長が見守るなかでボールに翻弄《ほんろう》されている危なっかしい結の投球フォームを遠目に笑みを浮かべていた。それは、初めて二人を心から祝福出来た瞬間だった。

「おや。ちゃっかりそんなもん持っちゃって。それでもまだ結婚しないつもりかい？」

カミサマの視線が私の手元を指す。手にしたままでいた雑誌はウェディング特集のフリーマガジンだった。

「これは偶然で……」

思わずギュッと雑誌を丸める。これではもうマガジンラックに戻せない。

「……カミサマ。私、行ってくる」

私はカミサマに背を向けると、マイボールと丸めた雑誌を手にその場を走り去った。

『ゆいちゃんが困ったり、寂しくなった時には私が助けてあげるからね』

幼かった結に私はそう約束したけれど、助けられていたのはいつも私の方だった。

結。私は変わるから。いつかちゃんと約束を守れるようなお姉ちゃんになってみせるから。


近くまで来てる。久しぶりに送ったメッセージで靖成を呼び出したのは、彼の家の近くにある公園。実家暮らしの彼は禁煙中の父親に気を使ってここでタバコを吸っているといっていた。

間もなく靖成はやって来た。

「ごめん。寝てた？」

久しぶりにみるその顔は眠そうだった。

「うん。寝てた」

嘘をつかないのも靖成のいいところ。

「一度しか言えないから、よく聞いて欲しいんだけど。……出直そうか？」

「大丈夫。しっかり聞くよ。今聞きたい」

一呼吸おいてから、意を決して踏み出す。

「靖成。私はあなたを利用したい」

言葉は選んでこなかった。思いをありのままぶつけるために。

「お母さんを失って、結とも離れて、お父さんも逝《い》ってしまった。一人ぼっちは寂しくて辛い。一人になりたくない。寂しさを埋めてほしい。一人じゃないって安心させてほしい。だから私はあなたを利用したい」

カミサマはギブアンドテイクだって言ったけど、このわがままの対価は一体いかほど入り用なのだろう。全く計り知れない。

「その代わりに、私はあなたを必ず幸せにする」

これが、私が払える精一杯の対価であり全財産だ。これで私は人生の賭《か》けに出る。

「だから、私と結婚しませんか」

「お願いします」

「早っ……？」

なんとも理不尽な逆プロポーズに靖成はきっと驚くだろうと思っていたのに。まるで予《あらかじ》め用意していたような答えの速さに私が驚く羽目となった。

「い、いいの？　聞いてたよね？　私は靖成を、安心を得るための道具にしようとしてるのよ？」

「いいよ」

こっちは恥を忍んで思いを曝け出しているというのに顔色一つ変えず即答される。

「前にも言ったけど、僕が花を贈りたいのは世界中で絵麻一人だ。絵麻だって、そんな事が言えるのは世界中で僕一人だろ。そんな僕らが一緒になる合理的な考えに異議なんてない。絵麻と一緒にいられて僕が幸せになれないわけがないんだ」

私よりも靖成の方がずっと結婚に現実を見ている。

「それに僕は信じてたから。絵麻が、迷いを振り切って僕の所へ来てくれるって。これからだって信じるよ。僕は喜んで絵麻に利用される」

いつになく前向きな靖成に私は驚くばかりだ。

「そうだ。タバコやめたんだ。将来の事を考えて子供に良くないから。それと料理を始めた。僕のハンバーグはなかなかだよ。だから安心してキッチンは任せて」

「待って。流石にそれは気が早くない？」

「絵麻だって」

靖成が私のバッグを指差す。丸めたウェディング特集の雑誌がはみ出ていた。

「行こう。家まで送る」

バッグからひょいっと雑誌を取った靖成がパラパラとページを捲りながら歩き出した。

「ブーケのデザインならもう決めてるんだ」

隣に並んだ私はその言葉に吹き出した。ここに来るまでの不安や恐怖が嘘のように跡形もなく消えている。

「そうだ、絵麻。月を見てみなよ。今日は綺麗なんだ」

「……知ってる」

二人で見上げたこの月を私は生涯忘れる事はないだろう。

身を削るような寂しさや悲しさも忘れる必要はないように思う。きっとそれは、私がお母さんとお父さんの子供でいられて、結の姉でいられて幸せだった証なのだから。

それらを全部持って嫁に行こう。そして私はこの月に誓おう。身勝手な願いを受け入れてくれたこの人をきっと幸せにしてみせると。

「今の見たお姉ちゃん？　ストライク！　初ストライクですよー！」

ボウリングのピン十本を全て倒した結が興奮気味に駆け寄って来る。

「上手になったわね。でも残念。それスペア」

結からボウリングに誘われたのは、あの日から二週間後のクリスマス。結の腕は確実に上達していた。

「やったね結ちゃん。初スペアだ！」

がっかりしている結をフォローする部長。

「仕事柄、僕は手首を痛めそうな事はあまりしたくないんだけど」

そう言いながらもストライクを決めた靖成。

隣のレーンには高校生らしきカップルがいる。パーフェクトを達成したあの日からカミサマは来ていないらしい。スタッフや常連客のなかで今やカミサマは幻の女神と崇められ、缶コーヒーを飲みながらプレイする信者まで出現している。知り合いならまた連れて来てほしいと声を掛けられる事もあるけれど、私もあれから彼女に会えてはいない。カミサマはもう私の隣に現れなくなった。

一人じゃない。今日は四人だ。それでも少しだけ寂しさを感じるのは、コーヒーの香りを纏ったあの少女にただ一言「ありがとう」と伝えたいのに、その願いが叶わずにいるから。

結。私のところに来たのよ、カミサマ。

四歳のあなたが思い描いていた神様とは、かなり違っているけどね。

宴会の神様

「いるよなぁ。神様ってさ」

差し出したビールジョッキを受け取りながら、オレの言葉に疑問符を添えた視線を投げかけてくるこの客は高校時代の同級生だ。

「入社してすぐにこっち飛ばされて、いきなり店長やれって言われてもコンビニとホテルのバイトしか経験ないオレが出来る事なんてねぇの。責任ばっか背負わされて、何かある度に軽い頭を下げるだけなの」

「ミヤダイ、疲れてますなー」

心配しているというよりは若干呆れ顔の同級生、中神が呼ぶ「ミヤダイ」というのはオレのあだ名。本名の宮島大吉を略している。オレはこの居酒屋で雇われ店長として働いている。

「平気。平気。オレにはあの人がいるから。頼れる身内も友達も誰ひとりいない孤独で枯れた新天地だけど——」

「あれ。私は?」

「ここにはオレの心を潤すオアシスがあった。神はオレを見捨てなかった」

「あの人? オアシス? あー。あの女神の事?」

中神が女神と呼ぶのは、オレの片思いの相手だ。客だった彼女はミスをしたオレに優しい言葉をかけてくれた。あれ以来店には来てくれていないけど近所に住んでいるのか時々見かける。その度に声をかけて顔見知りにはなった。名前はまだ知らない。もう女神でいい。間違いなく彼女はオレの女神だから。

「オレはきっと、あの人と会うためにここへ導かれたんだと思うわけ」

女神の存在は、オレが今ここにいる意味だ。

「この前もさ、近所で偶然会った時にクッキーくれたんだ。美味そうなんだけど勿体なくて食えねぇよ」

神棚があれば置いておきたいくらいだ。

「捨てる神あれば拾う神ありって言うよな」

「女神に拾われるとでも？」

「可能性はなくはない」

「そのこころは？」

「オレにすげぇ優しいから」

会う度に拝める女神の微笑み。あれは脈を感じなくはない。

「ミヤダイって年上好きなんだね。前に好きだったコンビニの常連さんも、その女神もそうなんでしょ？　確か高校の時も先輩に振られてたし」

「振られてねぇし」

彼氏がいる事を知って告白も出来ずに終わったんだ。思い返せばオレの恋愛ってそんなのばっかりだ。

「隣、賑やかだね。忘年会？」

中神がいるこの少人数用の個室の向かいには、狭い廊下を挟んで宴会場がある。

「あれは送別会。実は昨日までうちでバイトしてた子なんだ。今日だけ大部屋が空いたから急きょセッティングした」

隣は大いに盛り上がっているみたいだ。今日休みのスタッフ達も急な連絡だったのに過半数が出席してくれていて、オレも合間を見て顔を出している。

「ミヤダイが開いてあげたの？　優しい店長ですこと」

「人気ナンバーワンの看板娘だったから正直辞めさせたくないんだけど、引っ越すらしくてさ。頑張ってくれたお礼にね」

川神さんというその女の子は、オレがこの店に配属されて間もなくやってきたバイトだった。店長とバイトという差はあるけど年が近いのもあってオレは同期のように感じていた。川神さんは、一言で言えば個性の塊。原宿にいそうな出で立ちで何故か花魁みたいな言葉を話す。変わった子だけど客には大人気で、集客効果は絶大だった。

彼女は確実に店の売り上げに貢献し、おかげで実は傾きかけていたこの店を短期間で立て直す事が出来た。本社でのオレの評価は上々。ボーナスもアップした。

それだけじゃない。川神さんに出会ってからオレは妙にツイている。なかなか取れない人気アーティストのライブチケットがゲット出来たり、何となく応募した懸賞で一等を当てたり、あの女神に出会ったのだって川神さんがバイトに入ってすぐの事。まるで彼女がオレに幸運を運んできたみたいだ。

「キッチンに忍び込んではデザート用のチョコアイスとか盗み食いするし、客にチョコケーキとか注文させてはつまみ食いするしで、ちょっと困った子だったけど。惜しいなぁ」

「人気ナンバーワンというより、ただの食いしん坊だって聞こえるよ？」

「それが客にウケてたんだよ。彼女に食わすためにチョコ注文する客も少なくなくてさ。川神さんにチョコ食わすといい事があるなんてジンクスまであったんだ」

そこでオレはチョコレートに拘《こだわ》ったデザートを増やした。それが女性客にウケて、結果的に客層の幅が広がった。

「ところで中神。最近来ないじゃん。もしかして、この前連れて来たあの人とデートで忙しいとか？」

見た目は美人なのに恋愛に全く興味がなさそうだった中神が一度だけ店に男を連れて来た時は驚いた。でもまぁ、中神の事だから彼氏って事はないだろうな。

「……実はその通りで。へへ」

思いがけない反応に言葉を失う。揶揄ったつもりだったのにまさかの展開。

「……マジか！」

「マジなんですよねー。これが」

「嘘だろ。オレ中神にだけは先を越される事はないって思ってたのに……」

「失敬な。昨日なんてダブルデートだったんだからね」

「証拠はあるのか？　写真とか！」

いまいち信じられない。すると中神は口を尖らせながらケイタイを取り出した。

「スマホじゃねぇのかよ」

「なら見せない」

「逆にいいよねケイタイ」

「ほら。これですよ」

パカリと開いたケイタイ画面に四人の男女が写っている。中神と、その隣には一緒に店に来た事があるあの男。その隣には、何だか見覚えのあるイケメンがいる。まさか芸能人だったりして？　それからオレはイケメンの隣にいる女性を見るなり目が釘《くぎ》付《づ》けになった。

「……な、中神。この人って……？」

「へ？　私のお姉ちゃんがどうかした？」

「お姉ちゃん!?」

「わ。何？　急に大声なんか出して」

「中神って一人っ子じゃなかったっけ？」

「うん。小さい頃に一度だけママが再婚してた時期があって。その時に出来たお姉ちゃんです。ジャジャーン初披露」

「ジャジャーンじゃねぇよ」

どう見たってこの人、オレの女神なんだけど！

「ミヤダイ、もしかして私のお姉ちゃん知ってるの？」

そういえば。女神はこの前、妹がいるって言っていた。お前なのか中神！　言えない。お前の姉さんを女神と呼んでますなんて言えない！

「……ダブルデートって、言ったよな。お姉さんの、この隣にいるのって……？」

「私の上司」

そうだ。どっかで見た顔だと思ったら、商店街のイベントで花束を作っていた花屋の人だ！　女神に渡したくて作ってもらった花束は渡せないまま枯らしちゃったけど。なんだ。ダブルデートとか言って、ただの身内の寄せ集めじゃないか。

「そんでもって姉の婚約者です。お姉ちゃん今度結婚するんだ。って、ミヤダイ大丈夫？　急に顔色悪くなってない？」

「……なんでもない」

オアシスが急速に枯れていく。

「もしかして中神も結婚、なんて事はないよな……？」

「そ、それは、まだ。あ、でも結婚を前提としたお付き合いを、とは、言われてたりして……。へへ」

オレの時代が来ている！　とか調子乗ってた自分のバカ。

「そうだミヤダイ。お姉ちゃんのお祝いの会をやりたいの。ここでお願い出来ない？」

「ごめん。この先予約がいっぱいだから。……オレもうそろそろ戻る」

「うん。私も適当に帰るから。送別会とお仕事、頑張って」

「ありがと」

オレも帰りたい。

「中神。お姉さんに、末永くお幸せにって伝えて。それから、……やっぱりいないよな。神様なんて」

個室を出ていくオレの背中に向かって「私はいると思うよ。神様」と、中神が呟いたのが聞こえたけれど、振り向けなかった。

営業時間を過ぎて川神さんの送別会も終わり、客もスタッフもみんな帰った深夜。オレは一人残って送別会の後片付けをしていた。女神の事を忘れるくらい無心に大量の皿を洗い続けた。

泣きたいけど今は我慢だ。いくら一人だからって店長のオレが店でメソメソ泣くのはカッコ悪すぎる。明日が休みで良かった。家に帰ったらいくらでも泣ける。いくらでも酔い潰れられる。

最後に忘れ物が無いかもう一度確認しようと宴会場に入った。部屋の隅に何かが落ちているのを見つけて拾い上げる。チョコレートケーキを模した片方のイヤリング。もう店には来ない川神さんの物じゃなきゃいいけど。

「ここで失くしたでありんす」

不意に聞こえた声に思わずびくりとする。

「……川神さん？」

振り返ったが、そこには誰もいなかった。おかしいな。さっき聞こえた声は川神さんだと思ったんだけど。

「そんな物はどこにもないでござる」

「あたいも探してるけど見当たらないよ」

誰もいないはずの部屋にハッキリと響く男女の声。

「も、もう、やめてくれよ。オレ、こういうのダメなんだって……」

恐る恐るテーブルの下を覗き込む。

タヌキ、ビーバー。そしてリスの三匹と目が合う。

「………」

オレはゆっくりと立ち上がると、そのまま部屋を後にした。

見なかったことにしよう。オレはきっと心身ともに疲れてるんだ。さぁ。帰って今日はとことん飲もう。そして女神の事もアニマルの事もきれいさっぱり忘れよう。

広い部屋の大きなテーブルを前に、タヌキとエゾリスとビーバーの三匹がそれぞれ積み上げた座布団の上に座り並んでいる。

「して、川の神よ。どうしておぬしがここにおるのだ?」

マヨネーズを片手にタヌキがビーバーへ問いかけた。

「わちきらは自由なフリーランスの神。何処にいてもおかしくはありんせんが」

徐に手元へ取り出したチョコレート菓子の箱を開けるビーバー。

「ふらりと参りんしたこの街で、幸運の神に声をかけられんしてなあ」

「おや。ナンパかい? 粋な神もいたもんだね」

缶コーヒーを飲みながらエゾリスが笑う。

「暇しているなら、一人でもいいから運を与えてきてほしい。そう頼まれんした」

「なんだ。さようか」

タヌキがぱかりとマヨネーズの赤い蓋を開けた。

「縁結びの神にそっぽ向かれた哀れな殿方を見かけんしたから、情けをかけて寄り添うていたでありんす」

「そうかい。それよりさ、失くしたっていうイヤリング。結局見つからなかったけど、いいのかい?」

「気に入っておりんしたが。拾った者にあげるでありんす」

ため息をついたビーバーに「本当に気に入ってたんだねぇ」と、その肩を励ますようにエゾリスが叩いた。

「神が身に着けておった物だ。きっと拾った人間には大きな幸運が訪れるであろう」

タヌキが頷きながらチョコレート菓子にマヨネーズをかけていく。それを見たビーバーが悲鳴を上げた。

「ちょっと何してくれてんの⁉　マジあり得ないんだけどっ！」

「こうすればもっと美味くなるでござる。遠慮するでない」

「遠慮してないし！　美味くなるわけないでしょ。マヨだしキモいし山の神マジで鬼だし！」

「川の神さんの方がよっぽど鬼ってもんだよ、その顔」

怒りの形相でビーバーが詰め寄り、タヌキが悲鳴を上げる。

「まぁまぁ。チョコでも食べてチョコっと落ち着きなってね！」

エゾリスは、まだマヨネーズのかかっていないチョコレートを掴み「あいよっ」と、ビーバーの口へ運んだ。チョコレートを頬張るビーバーの顔がみるみるうちに元に戻っていく。

「そいで。また縁結びの神に頼まれたっていう山の神殿と森の神殿は、もう役目を終えんしたので？」

「うむ。あの二人は生涯離れる事はなかろう」

「あたいの方もバッチリさ。仕事終わりのコーヒーってのは美味いもんだよ」

押し付けられたマヨ付きチョコを満足気に食べるタヌキと、グイッと一気に缶を傾けてコーヒーを飲み干したエゾリス。

「自由気ままなフリーランスであっても神である以上、悩める人に寄り添うのがわちきらの勤めでありんす」

「そうだね。求める人がいる限り、あたいらは神である誇りを持って務めを果たそうじゃないか」

「うむ。では、そろそろゆくとしよう。さらばだ川の神。森の神。縁があればまたどこかで」

ビーバーとエゾリスとタヌキは次第に薄まっていき、溶け込むようにしてその姿を消していった。

あとがき

お久しぶりです。鈴森丹子《すずもりあかね》です。お鍋が食べたいなーと思いながらこのあとがきを書いています。好きな具材は豆腐です。フリーランスの神様御浮遊記《ごふゆうき》。新たな主人公と神様を迎えましてまさか、まさかの第二弾です。

人に限らず動物や草花、道端に転がっている小石にだって固有の特徴があるのならちょっとくらい個性的な神様がいたっていい。そんな持論を掲げて書いた物語です。フィクションですので動物に塩分、油分、糖分、カフェインの過剰摂取はいかん！とお嘆きの方はどうかその怒りを沈めて下さいますようお願いいたします。

今回もやっぱり神様らしい事はしない神様達ですが、恋と現実の狭間《はざま》で揺れる四人の男女の本質に寄り添うのでした。前作は「友達」がひとつのキーになっていましたが、今回は「家族」をテーマに少し盛り込んでいます。

離れていても互いを思い合っていた中神《なかがみ》と大島《おおしま》姉妹。親の背中を追って迷子になった大黒《だいこく》。親とのコミュニケーション不足の反動で人と関わるのが好きになった崇司《たかし》。彼は前作にも登場していました。そして、名前が明らかとなりました元コンビニ店員も再登場です。（君に幸あれ。負けるな大吉さん。）

友達も家族も大切だけれど、そのどちらでもない存在が必要な時もあるのではないでしょうか。神様が奇跡を起こさないのは、彼らの望みが神様の存在そのものだったからなのかなと思います。

チョコレートが好きな方。そしてビーバーが好きな方。川の神様の出番が少なくてごめんなさい。アルバイト川神《かわかみ》さんは看板娘として忙しくチョコレートを食べまくる日々を送っていました。きっと天職だったに違いありません。

ここからは謝辞になります。

応援してくれる家族さま。悪友モンスターモンタさま。ワイパーレジェンド大久保《おおくぼ》さま。ご協力いただきました元花屋の味《あじ》っ子《こ》さま。いつもありがとうございます。

クセの強い神様達を可愛らしく親しみやすい姿に描いてくださる梨《り》々《り》子《こ》さま。お子さんが生まれてパパになり（おめでとうございます）、そして鈴森の豆腐メンタルを握り潰す楽しさに目覚められた（？）お二人の担当編集者さまをはじめ、本の制作に携わってくださいました方々に感謝いたします。

そして最後になりましたが、この本をお手に取ってくださいましたあなたさま。ありがとうございます。少しでも楽しんでいただけましたら幸いです。

鈴森丹子

著作リスト

おかえりの神様（メディアワークス文庫）
ただいまの神様（同）

本書は書き下ろしです。

メディアワークス文庫

ただいまの神様《かみさま》

鈴森丹子《すずもりあかね》

2017年1月25日　初版発行
2023年5月30日　5版発行

発行者　山下直久
発行　株式会社KADOKAWA
〒102-8177　東京都千代田区富士見2-13-3
0570-002-301（ナビダイヤル）
装丁者　渡辺宏一（有限会社ニイナナニイゴオ）
印刷　株式会社KADOKAWA
製本　株式会社KADOKAWA

Printed in Japan
ISBN978-4-04-892600-3 C0193

メディアワークス文庫　https://mwbunko.com/

本書に対するご意見、ご感想をお寄せください。

あて先
〒102-8177　東京都千代田区富士見2-13-3
メディアワークス文庫編集部
「鈴森丹子先生」係